Nuovi Coralli 445

Impostazione grafica di copertina: Federico Luci

ISBN 88-06-12366-1

Francesca Sanvitale

Verso Paola

Einaudi

Verso Paola

In conclusione i fatti che lo assillavano erano tre: il buio, il moto impazzito, la fuga del pensiero.

La paura del buio era irreversibile perché era stato deciso in un tempo forse prenatale che il buio sarebbe stato il suo mortale nemico e l'alleato della sua morte. Di conseguenza la luce durante la notte doveva rimanere accesa altrimenti nel buio i suoi confini sarebbero stati demoliti e la testa troppo leggera avrebbe vagato in un mondo di orrori dove gli altri esseri solidi l'avrebbero schiacciata o dissolta come la goccia di un liquido qualsiasi. Era immediata la sensazione di essere braccato, che arrivassero crudeli poliziotti, grandi accuse, sconosciuti carnefici. Il buio si popolava di ombre ugualmente buie, all'attacco.

Quando aveva venti anni, in tempi di teorie e di azioni, considerava il suo io una cosa concreta. L'energia proveniva da uno spazio interno impermeabile ai pericoli e le azioni, una nell'altra, continuavano determinate e logiche, avrebbero dovuto continuare fino a vedere un mondo diverso. Ma lui aveva deciso quasi subito, in base alla sua ripugnanza per la violenza e alla paura, oltre che a una nuova teoria, che era giusto non pensarci mai piú perché qualsiasi impresa, giusta o sbagliata, era votata alla sconfitta.

Nell'ombra del bosco che stava attraversando si

chiedeva perché stasera non provava a spegnere la luce vicino a Evelina, nella camera dell'albergo che guardava lo Sciliar e che gli piaceva molto, metà eremo e metà di lusso, come sono di lusso e comodi i posti di vecchia civiltà da queste parti: ampi salotti che sembrano di famiglia, arredati di buoni mobili; divani dalle stoffe ben conservate e ben scelte. Il silenzio come ingrediente della qualità.

Non afferrava piú se stesso. Aveva sperato di potere almeno afferrare i fatti esterni ma essi erano diventati complici della sua mobilità.

Tutto era cambiato e cambiava e il tempo si era scomposto in un largo spazio confuso. Il moto era la legge che la vita imponeva; senza destino e senza discernimento tra giusto e ingiusto, vero e falso, sentimento e teatro. Resisteva solo l'assurda colpa che non aveva redenzione sociale, di aver creduto per un periodo della giovinezza nell'utopia. Invece l'utopia non poteva essere altro che un sogno di parole.

Se avesse spento la luce vicino a Evelina, il buio e il silenzio sarebbero diventati piú fondi che in città, misteriosi e definitivi perché dal lato sul quale si affacciava il loro balcone le montagne erano a ridosso e alzando gli occhi si vedevano le lunghe pieghe dure dei valloni che scendevano fino all'innesto dei boschi d'abeti arrampicati in perpendicolare, fitti e vari nei verdi, cupi e meno cupi secondo la luce e il sole. Questa massa di notte diventava un sipario trattenuto sulle pietre e giú perso nel mistero, verso il torrente.

Dal balcone abeti e montagne erano vicini ma nella parte posteriore dell'albergo si addolcivano allontanati dallo slargo d'erba dove ci si stendeva per leggere o prendere il sole su sdraio messe a varia distanza.

Raggiungeva l'albergo tenendosi vicino al torrente e salendo ascoltava il gorgoglio dell'acqua che si divideva e si ritrovava sui sassi e sui brevi scivoli delle rocce piú levigate puntando in una corsa confusa verso il basso della valle.

Non aveva mai tollerato lo scorrere dell'acqua, lo sgocciolio nella vasca e nel lavandino. La ragione del cambiamento era stata la fissità speciale, tranquillizzante, che il torrente imponeva con la sua corsa e che lo teneva fermo, incantato, mentre Evelina passeggiava chissà dove. Osservava come l'acqua si modificava in spuma biancheggiante, in una nube di gocce, trasparente e fluida, raccolta in onde che s'inseguivano e poi venivano inghiottite in risucchi continuando cosí fino a oltre il paese.

Da anni aveva assunto uno sguardo fisso su di sé e solo qui l'acqua riusciva a distrarlo. Si era conciliato con la corsa inarrestabile e incontrollabile che ripeteva lo stato della sua ansia.

Quando era uscito dalla solida costruzione del suo io? Fino a un punto imprecisato lui aveva vissuto e poi aveva cominciato a riflettere su un'entità sconosciuta che era lui stesso. L'incertezza del futuro dopo la laurea poteva essere una buona causa. O l'incubo vissuto sotto le armi o durante i primi concorsi, quando si era avventurato nel labirinto di una logica irrazionale, rigida piú di qualsiasi ragionevolezza, e aveva dovuto abbandonare criteri di valore per criteri di potere e di alleanze.

Ma è probabile che in connessione a un tale stato di fatto e ai suoi sforzi per arrivare a un punto fermo della carriera usando di un estremo controllo sugli impulsi naturali e di altrettanta necessaria spregiudicatezza, ben presto avesse costruito (o era nato spontaneamente come un oggetto ectoplasmatico) il grande occhio dentro a un triangolo, senza ciglia e senza battiti che per una deformazione gigante e con un'espressione impersonale e gelida ripeteva le caratteristiche della sua pupilla. Apparteneva a un enorme padre minaccioso che aveva i suoi dati fisionomici; a un dio crudele partorito da lui a sua somiglianza.

Non si stupiva granché della stranezza perché spesso ragionava per immagini che spiegavano ragionamenti. Si occupava di parole. Lo studio del linguaggio presupponeva l'attenzione per le capacità della fantasia. Sapeva che solo per scarti immaginativi si definivano o si superavano schemi concettuali. L'ipotesi poteva essere che, tolte o allontanate dalla sua attività mentale parole come «valore» o «valori», esse si fossero in qualche modo rivoltate contro con uno scarto immaginativo addensandosi nell'occhio che lo perseguitava e ripeteva i suoi stessi occhi. Era ammonito con severo disprezzo, richiamato verso una perfezione irraggiungibile. L'occhio gli ricordava fini indefiniti che poi tentava di perseguire attraverso scrupoli parossistici di esattezza e ordine professionali.

Il legame tra professione e vita era un intreccio complesso che spiegava persino come i suoi impulsi sessuali scattassero da provocazioni legate al linguaggio e non al corpo, e come un racconto erotico ben dosato lo eccitasse piú di qualsiasi altra provocazione riuscendo a farlo prigioniero e oggetto nelle mani di chi usava di tale magnifico dono. Che cosa c'era di meglio che giacere passivo recipiente di un impasto perfetto di parole che oltre alla beatitudine della ragione offrisse la beatitudine delle immagini e diventasse un percorso verso il piacere del corpo? Che cosa c'era di piú sottile dell'affidarsi alla grandiosa possibilità del linguaggio umano piegato, come un demiurgo invisibile, sull'uomo per legarlo a una voluttà altrimenti inaccessibile? Quale demagogo avrebbe mai raggiunto uguali piaceri dallo strumento che aveva scelto per affermare se stesso?

Era sicuro che nessuno poteva superare in fantasia sua moglie Matilde. Mai come Matilde una donna sarebbe riuscita a formulare prima e durante l'amore quelle grevi, sussurrate descrizioni di «altri» atti d'amore compiuti con «altri», quelle descrizioni d'ambiente e di preliminari o particolari che lo costringevano alla sofferenza e al piacere, destavano rabbia, eccitazione, dolcezza e aggressività.

Che Matilde inventasse o no aveva poca importanza. Era straordinaria l'abilità che nascondeva durante la giornata quando si comportava da moglie avveduta e schiva, senza particolari interessi perché la saziava la coscienza della sua eccezionale virtú. Via via che aveva acconsentito, aveva anche imposto il crudelissimo gioco voluto da lui e di cui ora lui si trovava a essere la vittima. Nell'abitudine aveva raffinato l'abilità. Quasi come conseguenza era diventata bellissima e sicura di sé. La conosceva in ogni particolare, che ritornavano esatti nell'improvviso ricordo: l'odore forte, i grossi lineamenti da rossa, le spesse labbra scure, gli occhi foschi e prensili, lo sguardo impavido che alzava lento sugli uomini facendo capire a lui che chiunque avrebbe potuto venire nel suo letto, oggi o domani, quando sarebbe stato assente.

Sciatta come la napoletana di un basso, con i seni molli stretti in magliette leggere e sudate; al contrario ieratica, cinematografica. Inventava donne diverse scegliendo tra i vestiti e la biancheria: l'educanda e la fatale, la signora e la serva. Il suo linguaggio cominciava a variare molte ore prima del rapporto sessuale che gli prometteva in mezzo agli altri, creando un'intesa muta e scegliendo un uomo con il quale iniziare il gioco mentre le sue frasi alludevano solo per lui al racconto dei desideri che mostrava e dopo sarebbero diventati fantasia e piacere.

Matilde non aveva altra abilità oltre questa nell'amore. Era pigra e senza iniziative ma senza frustrazioni. A lui sembrava un essere piú divino che umano perché lo strumento che usava, il linguaggio, era lo strumento della conoscenza, un talismano che la trasformava in una regina. Era stato il re Shahriyàr ad essere schiavo nelle mani di Shahrazàd e non viceversa; era il re ad aver bisogno delle sue parole che componevano piaceri e veleni, voci e corpi; di emozioni che non avrebbe mai posseduto altrimenti, per eccitare i sensi e fare all'amore, quindi vivere, mentre se la fanciulla avesse improvvisamente taciuto, l'opacità della vita, quindi la morte, sarebbe arrivata; non per lei, Shahrazàd, come astutamente le faceva credere, ma per lui, il re. Cosí, senza le luci dell'immaginazione e la voce bassa e sgranata di Matilde lui, re senza alcun regno e potere, sarebbe piombato nel buio dove per esecutori di ordini segreti si sarebbe dissolto in materia senza confini e in un mondo che detestava e disprezzava ma che aveva completamente accettato.

Però lo stupiva la fissità dello sguardo che lo perseguitava. Non riusciva a capire da quale profondità veniva l'immagine. Dalla stessa profondità, forse, dalla quale era emersa la fantasia di cambiamento e di fuga. Dire che non sopportava piú la vita nel suo imbroglio, nel suo labirinto di intrighi, senza speranza alcuna di cambiamenti radicali, era dire tutto, ma troppo poco.

Domani mattina sarebbe partito da Bolzano con il rapido per Roma delle 11,05 che si chiamava Marco Polo. I nomi dei treni aiutano la fantasia e uno spostamento in grande stile. In passato erano stati affascinanti i nomi delle navi e delle imprese; lo erano oggi i nomi in codice di pratiche segrete, di operazioni belliche, di programmi per computer. Marco Polo richiamava subito avventura e novità.

Il Marco Polo sarebbe arrivato a Roma alle 17,45 e il rapido per Paola, detto Il Sannio, sarebbe partito da Roma alle 18,55. Un'ora circa da passare al caffè. A Paola sarebbe sceso a mezzanotte, stanco morto.

Il soggiorno era finito, inoltre non riusciva a stare periodi lunghi lontano da Matilde. Andava a cercare la forza che si scatenava dentro di lui quando facevano all'amore; che usciva senza che potesse frenarla e contro la quale ogni volta lottava ed era sopraffatto, doveva abbandonarsi fino al punto di non ritorno che scoccava con un urlo scaturito da lontananze sconosciute, violenze emotive che agivano a sua insaputa.

Dopo, nello stordimento, sentiva che lei si muoveva con gesti sbadati, da regina prepotente, da amante soddisfatta. Immerso in una profonda spossatezza decideva tutte le volte che doveva lasciarla, non «anche Matilde» ma «prima di tutto Matilde» e costringersi, di notte e di giorno, al dominio dell'equilibrio.

Passato un certo periodo, che variava di poco, era

proprio il richiamo a quel rito, a quello spasimo conclusivo, a quell'urlo nella dimenticanza di sé a rimetterlo succube della regina.

Aveva passato venti anni a convincersi che la strada era tracciata. Erano rimasti questi momenti di piacere e di pericolo a ricordargli che cosa erano l'oscurità del cuore e la libertà. L'insicurezza di sé, nascosta dietro alla perfetta efficienza, era il sintomo che lo riportava continuamente alla perdita della speranza. Ma di queste cose a nessun patto avrebbe parlato, come succede per certi morti che restano con noi in un posto chiuso agli altri. Certe sconfitte della mente e dell'io, cosí totali come riemergere da un suicidio, non vanno mai piú rimesse alla luce ma spinte a fondo mentre si resta disposti a continuare il gioco assegnato. Il mondo, insomma, è quello che è. Detestava i rimpianti.

La decisione di chiedere a Evelina di seguirlo in montagna si collegava ai rapporti con Matilde che tentava di modificare. Cercava un'altra donna ed emozioni piú blande. Evelina si era laureata a febbraio. L'aveva osservata spesso. L'aveva osservata anche nei giorni caldi di luglio in biblioteca mentre faceva una ricerca che le aveva assegnato.

Evelina manteneva con tutti una lontananza fisiologica e definitiva. Era convinto che solo la volontà rendesse i suoi occhi verdi tanto inespressivi e che tenesse i capelli color paglia lisci e lunghi per sottolineare linee di confine. Spesso si chinava su di lei apposta, la sfiorava, la fissava troppo da vicino ed Evelina restava impassibile, dentro a un sorriso identico e per reazione aveva solo un impercettibile scarto o faceva un breve passo indietro.

Si era domandato se la freddezza fosse apparente

e su quella curiosità si era deciso senza rifletterci molto. Le aveva chiesto se voleva passare le vacanze con lui: quindici giorni in un albergo abbastanza isolato, in mezzo ad alti picchi, nel Sud Tirolo. Aveva già fissato una stanza e avrebbe dovuto andarci per lavorare prima di raggiungere la moglie Matilde dai parenti a Paola. Se amava la montagna poteva fare delle passeggiate. Lui sarebbe rimasto quasi sempre all'albergo.

Non disse che sperava in un erotismo diverso. Non disse che era la prima volta che rischiava un'avventura extraconiugale. Che aveva sempre rifiutato di dormire in una stanza con un'altra persona che non fosse Matilde. Che aveva un pudore eccessivo del corpo e delle funzioni connesse al corpo. Che per lui passare quindici giorni con una donna sconosciuta era una pazzia e poteva finire in una catastrofe imbarazzante.

Evelina non aveva cambiato espressione ma aveva aspettato a rispondere guardandolo prima negli occhi poi rivolgendo lo sguardo in un punto sui fogli. Alla fine aveva detto: «Per me va bene. Mi dica quando dobbiamo partire».

Gli aveva dato del lei. Benevolmente le aveva fatto osservare che da quel momento sarebbe stato meglio e anche logico darsi del tu. Poi aveva posato una mano sulle piccole nocche del pugno chiuso vicino ai libri. Lei aveva chinato la testa e i capelli erano scivolati in avanti simulando tra loro una cortina. «Okey, – aveva risposto. – È giusto».

Quindici giorni in montagna erano un periodo lungo ma aveva accettato. Aveva chiesto: «Si va in macchina?» Aveva risposto che non guidava mai in città e tanto meno in vacanza. Aveva detto: «Porto la mia, guiderò io».

Come se tutti i patti fossero conclusi, Evelina aveva ripreso a sfogliare le schede. Lui aveva cercato qualche cosa da aggiungere ma di nuovo lei aveva alzato la testa e gli aveva chiesto quando sarebbero partiti.

«Il 20 mattina. L'ora la decideremo insieme».

Aveva detto ancora: «Quando andrai al mare da tua moglie, tu prenderai il treno come era previsto e io tornerò in macchina».

Da quel momento un'euforia di giovinezza l'aveva tenuto in agitazione fino al 20 agosto. Erano arrivati a Bad Ratzes.

Nei primi giorni di montagna il desiderio per Evelina era stato superiore alle previsioni. Le era grato di tutto: del silenzio, del corpo androgino che non lo metteva di fronte a un'aggressiva femminilità; del seno quasi da maschio, delle gambe lunghe dai muscoli lisci senza carne. Era un essere gentile e asettico, di movimenti cauti ed eleganti, che si lasciava andare dolcemente all'amore e suscitava fantasie ambigue. Il linguaggio fantasioso di Matilde, il perfetto scorrere delle sequenze coloristiche e reali insieme, il suo compiacimento per la scelta dei toni che accompagnavano le fasi dei racconti e il suo amore per il teatro, gli aggettivi che accendevano le descrizioni dei tradimenti o invenzione di tradimenti e desideri quando persino la voce prendeva una velatura speciale; gli accenti bassi, di gola, che seguivano quell'inarrestabile sorgente di parole che era lei, tutto era stato cambiato nel suo opposto.

Matilde senza le corde vocali sarebbe diventata un inutile fagotto, la sua femminilità castrata e nessun altro elemento, né gli occhi, né il corpo, né la continua volontà di vincere avrebbero potuto supplire. Lui l'amava da quando avevano diciotto anni ma non riusciva piú a dividere il sentimento dell'amore dalla sua dipendenza sessuale e da quella originale qualità del loro legame, preziosa solo per lui perché per chiunque altro avrebbe potuto risultare ossessiva.

Con fortunato intuito aveva trovato l'opposto: il segreto della femmina androgina, un'intelligenza che non si svelava; ma soprattutto il silenzio dal quale le parole uscivano lavate dalle scorie, formule esatte e a volte inattese.

Pareva che in questa parsimonia Evelina fosse arrivata a uno stadio espressivo superiore e spesso lo meravigliava come se si trovasse di fronte a processi del pensiero complicati e risolti in risposte semplici, in accorti segnali lanciati a sonda nel mondo estraneo e pericoloso; e dietro a questi segnali lui intuiva un'imprendibile saggezza psicologica che andava «contro», una sconosciuta minuscola rivoluzione personale.

La lingua diventava un sistema di segni semplice e criptico insieme, usato a propria copertura, a indagine, a significanza, a segnalare un possibile rapporto anche tra esseri sconosciuti in un pianeta sconosciuto che invece di chiamarsi Marte si chiamava Terra. Si sarebbe detto che Evelina usava il linguaggio, conscia di servirsi di un mezzo ad alto grado di pericolosità e difficoltà, diventato equivocabile e usurato.

La fissava preso dai pensieri su di lei, osservandola come se si trovasse tra le mani un nuovo oggetto di studio. Gli si proponeva come «tema», un insieme di comportamenti umani e linguistici che s'intersecavano perché erano coordinati da segrete convinzioni.

In un certo senso piú si interessava a Evelina, piú sentiva il desiderio di rivedere Matilde e raccontare lui, con descrizioni minute, la sua esperienza. Raccontare com'era il corpo di Evelina, fare a gara con Matilde istituendo un delirio di parole che raggiungessero il diapason della reciproca gelosia e del reciproco desiderio. Capovolto il gioco, Matilde avrebbe reagito come reagiva lui? Ne dubitava. Supponeva piuttosto che Matilde non avrebbe tollerato l'intrusione perché definiva una perdita del potere che permetteva solo a lei il tradimento, basta che il gioco tra il certo e l'incerto rimanesse tale.

Tra Evelina e Matilde c'era di mezzo l'Italia e questo lo trovava curioso. Era anche curioso che il viaggio che lo aspettava fosse cosí lungo e finisse a mezzanotte. In questo c'era un sollievo come se tra il lasciare e il prendere rimanessero infinite possibilità.

Per ripararsi dalla luce che lui teneva accesa, Evelina portava i capelli sul viso e dormiva immobile. Lui restava a occhi aperti finché poteva seguire ipotesi o scene angosciose di cui a volte era protagonista Matilde, a volte l'università e i colleghi o addirittura la società che prendeva un volto senza connotati, di insostenibile protervia. Ma piú che altro, arrivato a un parossismo d'inquietudine, quando niente di ciò che aveva contribuito a costruire, casa rapporti carriera, gli sembrava confacente, avanzavano quietandolo e spingendolo verso la notte due grandi pensieri, cosí li chiamava per distinguerli dagli altri: un sistema di vita dove predominasse il silenzio (e immaginava di lasciare Matilde e costruire un nuovo rapporto con Evelina) e ipotesi continue di allontanamento da ciò che conosceva, che in qualche modo sempre con il silenzio avevano a che fare, ma riguardavano solo lui.

Con Evelina aveva osservato e percorso la zona. Avevano fatto passeggiate per l'altopiano dello Sciliar. Erano andati in Val di Tires, Val di Funes, al valico delle Erbe. «Ecco qui», pensava ogni tanto. Significava: «Potrei viverci. Forse è il mio luogo». Fissava alcune case con uno sguardo indagatore che Evelina osservava. Lui sapeva che veniva riformulata sempre la stessa domanda: «È questo il luogo?» Intendeva dire: per ritirarmi lontano e per sempre.

Si dava risposte negative o dubitative arrivando ad accordi. La casa andava presa vicino a un centro abitato. Ci voleva il telefono per gli usi pratici. Non intendeva estraniarsi dagli studi ma solo dalla maggior parte degli uomini per i quali nutriva un'indifferenza aggressiva. In fondo li riteneva responsabili di «qualche cosa» di orribile, di aver contribuito a uno sfacelo irrimediabile che lo coinvolgeva.

Si rendeva conto che la solitudine e il silenzio erano appalti di chi aveva il denaro. Bisognava guadagnarseli con anni di durezza e fatiche. Si trattava, come d'altra parte si era proposto, di arrivare all'altopiano metaforico dei privilegi da cui si dipartivano i sentieri. Finché saliva non poteva scappare se non ritrovando povertà e debolezza.

Ora aveva deciso che il rifugio scelto doveva essere immerso in una silenziosa e arcaica società, avere l'aiuto della natura. La montagna era il nuovo elemento da introdurre nel programma.

Si era chiesto centinaia di volte da chi e da che cosa fuggiva. Era sempre arrivata la stessa risposta: da tutto. Anche dal futuro. Dalla mancanza di fiducia che continuamente, dalla mattina alla sera sentiva attaccata alla pelle, dal fluido scorrere nel quale arrancava senza fermare niente, senza poter arrivare a niente, senza «esserci». Sempre e ancora doveva confessarsi che, come quando aveva vent'anni, si trattava di «cercare un senso». Per un essere scisso in tanti pezzi operanti ognuno per sé, gli pareva che l'unico modo di ricomporlo fosse la sparizione.

Ogni giorno prendeva e poi gettava i giornali sull'erba. Chiudeva gli occhi per godere della distesa verde, dei balconi di vecchio legno scuro. Aspettava che le informazioni alle quali aveva permesso di entrare nella mente, si cancellassero da sole contraddicendosi. Quasi venti anni fa aveva sconfitto la depressione scegliendo la ragionevolezza, lavorando dentro alla scacchiera dei concorsi e delle squadre con cautela da ladro. Adesso la depressione era tornata, lo stava cercando, ed egli non intendeva diventarne la vittima. Era certo che non si può costruire un sistema impermeabile all'esterno due volte di seguito. A quarant'anni, cioè adesso, la disperazione, come un grande sconquasso cosmico, come una nube radioattiva, avrebbe vinto chissà in che modo, e con quali conseguenze. Certo distruggendo il suo mondo razionale e lasciandolo allo sbaraglio senza tana in mezzo al caos.

In quella notte bellissima di montagna si riposava dall'ultima passeggiata sulla sedia a sdraio del balconcino e guardava in su verso la catena dello Sciliar la curva del crinale che finiva nella punta piú aspra per perdersi verso il buio, e ascoltava l'acqua che scendeva a valle.

A quarant'anni la disperazione ha solo due modi di farsi avanti: piegare un uomo al suicidio oppure piegarlo a una patologica modalità, renderlo inetto umiliandolo e chiudendolo in un mondo di tormenti noti a lui solo e non condivisibili. Non era detto che la si dovesse affrontare. Come tante altre cose la si poteva sfuggire e quindi vincere. Ma poiché lui sapeva da che cosa nasceva, sapeva anche che non c'erano armi per affrontarla: essa veniva da ovunque e andava ovunque in mezzo agli uomini, compagna della coscienza e inseparabile da lei. Non si trattava di stringersi con gli altri e lottare come a vent'anni. Si trattava di calarsi nel silenzio alla ricerca di un punto centrale in quiete, dove il moto si arresta in un lago interno e il pensiero diventa limpido come era stato limpido allora. Ma adesso in tutt'altra direzione.

Ascoltava il passo leggero di Evelina che si muoveva nella stanza e preparava la valigia. Si diceva che quiete e moto sono un unico aspetto della ricerca umana; che il viaggio e la grotta nascondono la stessa aspettativa da opposte angolazioni. Cioè: usando opposti mezzi razionali. Montagna e deserto chiedono la stessa concentrazione in sé. Tutte queste scelte sono duri lavori, fatti per riavere l'io che lui aveva perduto o per capire che cosa fare per il tempo che rimaneva.

Quando apparve la luna restò immobile. Evelina si era seduta vicino. Chiusa in altri pensieri seguiva anche lei la luna e le nuvole che offuscavano le montagne come anelli di fumo e poi lasciavano che s'illuminassero nei crinali piú lontani con blandi grigi confusi, e nei piú vicini, innalzati all'improvviso da un sipario squarciato, di un'ardesia lucente. Di nuovo venivano fasciati dal buio e quindi dalla luce. Il disco della luna si dimezzava perché passava un brandello di nuvola che subito spariva e denudava un chiarore pieno.

Stavano senza parole e senza reazioni, semplici spettatori e specchi, impercettibilmente insieme eppure divisi ma presi da un uguale senso di lento movimento, di notte, di immobilità; di devozione. «Devozione» era una parola estranea a tutti e due ma connessa irrimediabilmente alla natura indietro fino ai primordi della specie e alla nascita dei sentimenti, quando di fronte agli astri e al cielo, agli eventi della luce e del buio, gli uomini si prosternavano senza pensieri, seguendo il semplice stupore per qualche cosa che ancora non si chiamava bellezza. Lui intendeva possedere questo «qualcosa» sfuggito alla specie e in relazione sentirsi come aveva fatto adesso per un attimo.

Evelina si era tolta la maglietta e portando indietro la testa aveva offerto il seno alla luna.

Lui si alzò per preparare la valigia e si sentí subito strappato da quel luogo e dalla felicità. Doveva rimanere. Era Evelina la sua speranza. Ma nel momento che lo pensò ebbe paura perché il segreto che cercava non era un'altra volta l'omertà di una donna, ma in una profonda sotterranea stanza dei suoi astratti desideri.

Prima di entrare si fermò dietro alla sedia a sdraio di Evelina e con delicatezza le pose le mani aperte sui seni. Sottovoce la pregò: – Resta qui un poco –. Evelina fece cenno di sí. Senza che lo volesse la voce era uscita tesa, rauca. Era l'ultima sera prima della partenza e non la voleva vicino nei momenti di emozione. Chiedeva ancora un patto per non rischiare di confondere ciò che cercava in un grande amore.

Guardò l'orologio: in perfetto orario. Anzi, in anticipo. Evelina stava guidando verso Bolzano. Le curve della strada tra Siusi e Fiè scivolavano via. Lui guardava la valle dove la chiesa di San Costantino nasceva sopra un cocuzzolo erboso, materializzata da un quadro in mezzo al verde.

Quando abbandonarono alle spalle Fiè e aumentando di velocità Evelina puntò verso il raccordo per Bolzano, un nodo alla bocca dello stomaco da intermittente fastidio diventò intollerabile. Invece di correre avanti verso la vita di sempre, Matilde e il suo eterno affabulare, voleva puntare i piedi e fermarsi. Anzi, li puntava quasi per produrre un freno che invertisse la marcia. Era un vero disagio del corpo che riconosceva per lui di aver perso una, cento occasioni di cambiamento. Ogni fantasia era rimasta tale e la norma si ricomponeva.

Si chinò su se stesso per non seguire le curve. Evelina si fermò. Balbettò: – Un momento che passa –. Si raggomitolò sul sedile.

Un perfido viaggio all'incontrario si mise in moto sotto le palpebre, fatto di immagini perdute. Percorse in senso inverso il tratto di strada tra Fiè e Siusi dove il panorama si slarga e i monti svelano le nitide dolcezze di questa civiltà, perfetta nel gioco tra tana e uomo, tra spazi e limiti. Lo spazio era venuto verso di loro aprendosi pieno di meraviglie e aprendogli profondamente il respiro. Il dolore allo stomaco era nostalgia per lo spazio abbandonato, per il piacere ancestrale di girare gli occhi senza mai accogliere nel loro raggio oggetto o uomo troppo vicini. Poi sotto le palpebre vide Ums, il paese minuscolo dove la strada asfaltata finisce. Aveva fissato cento volte i declivi smeraldini che precipitavano nei boschi di un vallone; e i getti d'acqua che segnavano i punti dell'irrigazione lontano e vicino senza rumori; la chiesetta con l'orto; il piccolo ristorante locanda; la smemoratezza drogata che impregnava l'aria e proveniva dai colori dal rosa all'azzurro delle lontananze. Spesso andavano a mangiare a Ums. Leggevano. Evelina s'incantava a fissare il vuoto.

Doveva fermarsi, patteggiare il rientro. Aveva trovato il posto giusto. La ricerca dopo Ums poteva continuare all'infinito e quindi era superflua.

Evelina riprese a guidare e lui parlò per distrarsi. Le chiese se aveva un fidanzato o qualche cosa del genere. Aveva un compagno e si erano lasciati a causa di questo viaggio. Allora la guardò come se non la conoscesse.

– Gli hai detto che sei venuta con me?

Dopo un silenzio Evelina confermò.

Non aveva supposto che ci fosse alle spalle di Evelina un amore. Era quasi inspiegabile ma l'aveva considerata a sua disposizione, nella mente e nel corpo. Lo impressionò l'ipotesi di uno scandaletto universitario qualora il ragazzo fosse stato uno studente o, peggio, un ricercatore o un associato come lui.

La rabbia gli impedí di parlare. Evelina invece parlò e gli disse che aveva riflettuto molto su quello che voleva e quindi, se il suo compagno che si chiamava Simone accettava, sarebbe tornata con lui. Aveva capito che voleva sposarsi.

Scoppiò a ridere.

Evelina girò la testa di scatto per la prima volta con un sentimento ben chiaro di stupore.

Sempre ridendo le chiese se voleva figli. Uno, due, tre... poi la guardò con un disprezzo che lei assorbí rivolta di nuovo alla strada.

– Tre, – disse. Si opponeva alla sua rabbia ma non chiedeva niente.

– Che cosa fa nella vita questo Simone che ti sposerà se ti vorrà?

Evelina elaborava le provocazioni da computer ben addestrato a programmi di prudenti rapporti umani. – Si occupa di biologia.

– Oh, bene.

Fino alla stazione di Bolzano non parlarono. Nell'atrio della stazione arrivarono alle dieci e mancava un'ora alla partenza. Riusciva ad essere disinvolto ma il sentimento di perdita che aveva provato per Ums e per San Costantino si stava ripresentando piú forte.

– Ti consiglio di partire subito, – disse, – perché il viaggio in macchina è lungo.

Evelina rispose: – Va bene, vado –. Avvicinò il viso e lo sfiorò con i capelli.

Li aveva sentiti tante volte sulla pelle nei giorni passati. Li raccolse con una mano e la costrinse a piegare la testa indietro per fissarla negli occhi. – Smettila, – le disse. L'attirò vicino e la strinse. – Devi stare con me per un'ora. Ci potevi stare anche una vita, lo sai?

La baciò sul collo, sulle labbra, sulla fronte. Le lasciò i capelli e le prese i polsi stringendoli e mettendoseli intorno al collo fino a che lei allargò i pugni chiusi e tutte le dita sulle spalle, lo strinse con la passione che non aveva mai dimostrato, si attaccò con tutto il corpo a lui.

Era questo che voleva ed era percorso da una sovrana allegria. La condusse fuori per mano. Aveva scoperto la passionalità di Evelina, forse il suo dolore. E la scoperta gli aveva restituito i gesti di un ragazzo innamorato.

Attraversarono la piazzetta. Era certo che la ragazza avrebbe potuto imboccare le scale di qualsiasi lurido albergo tanto era il desiderio che affiorava da lei come un tremito. La costringeva a guardare le cose lontane da lui.

«Stazione fascista anni Trenta. L'arco delle porte, le proporzioni, i volumi liberi. I pilastri e i lampioni in cima. Guardala, ti dico».

Evelina guardava. Lui la portò verso il parco in miniatura che si attraversa per raggiungere piazza del Duomo. La baciò ancora. Evelina abbassò la testa e i capelli caddero in avanti. Di nuovo li afferrò e la rivoltò contro di lui, la costrinse a baciarlo di nuovo, le fece male.

Li osservavano ma senza interesse. Qualche vecchio seduto sulle panchine, qualche bella ragazza che passava.

– Sono tutte piú belle di te, – le disse.

Evelina non distoglieva piú lo sguardo dai suoi occhi e pareva che aspettasse ordini. Era diventata un'adolescente selvaggia, muta, che traboccava di amore.

Lei continuava a guardare nella direzione che lui voleva. Ora si trattava di alberi che producevano un'ombra piacevole ed erano di molte varietà. Avevano una targhetta dorata sul tronco con il nome in latino e in italiano. Le aveva imposto di leggere: «Ippocastano Russkastanie...» L'aveva baciata. «Tiglio nero...»

A passi brevi, tenendola per le spalle e girandola tutte le volte che la baciava, le aveva fatto attraversare passo passo il giardino e aveva giocato con i nomi scritti sulle targhette inventando una lezione di botanica e d'amore con premi di baci. Evelina leggeva in italiano e lui, avvicinandosi alla sua bocca, mormorava l'amorosa risposta in latino come rimando di un alchemico codice amoroso. «Cedro dell'Atlante...» «Caedrus Atlantica Glauca...»

Tremava e ansimava un poco. La lasciava libera tra il silenzio e la lettura, ma lei leggeva perché sapeva che solo cosí sarebbe stata baciata. Era costretta a richiederlo sempre di piú. Era diventata piú bella. Ad ogni pianta, ad ogni sussurro e ad ogni bacio a lui pareva che il cuore le battesse in tutto il corpo. «Ciliegio da fiore...» «Prunus Serrulata Kanzan...»

Un gioco paradossale, un colloquio tra due bocche e due linguaggi; un duetto dove la vittima, prima costretta, cresceva ad ogni richiesta e con il proprio sentimento fronteggiava il padrone che l'aveva iniziata ed era come se lui la svelasse ad ogni albero e ad ogni nome.

La piazza arrivò troppo presto. Si scostarono e si presero per mano. Si sedettero al tavolino di un caffè e osservarono insieme il tetto a losanghe nere, verdi, gialle, blu dell'abside del Duomo. Amò la piazza con una vivezza che lo disperava, notò le sue componenti una per una: caffè, fiori, gente, monumento, portici, palazzi, negozi. Avevano ancora mezz'ora.

Evelina mangiava il gelato in silenzio e lui aveva già bevuto il caffè. Adesso intendeva che si dividessero rimpiangendo ambedue, fino a sentirsi strappati uno dall'altro, l'ipotetica vita che avrebbero potuto condurre attraversando ogni mattina la piazza dai fiori ben curati e passando davanti alle panchine dove stavano sedute vecchie signore con rigida dignità.

Lasciarono che il sole li scaldasse. Evelina era immobile e solo un filo di lacrime scendeva dagli occhi, un piccolo fiotto ininterrotto che non produceva singhiozzi. Si chinò verso le lacrime e cominciando dalla palpebra che palpitava le asciugò il viso con brevi baci fino al collo, al margine della maglietta nell'incavo delle spalle. Le premeva il palmo, le stringeva le dita. Adesso capiva che avrebbe potuto creare una schiava silenziosa e segreta, frustarla e baciarla. Perdersi insieme a lei come in un romanzo. Lei, la cauta ed enigmatica ragazza delle ricerche ben fatte, non sapeva niente di sé, come lui.

Poi all'improvviso la lasciò. Disse: – Me ne vado.

Era una scena da vecchio film, di quelli che gli capitava di vedere in televisione con Michèle Morgan o Ingrid Bergman, ma era bellissimo avere un'occasione per vivere certe rare situazioni d'amore.

Con un brusco scarto si alzò, afferrò il laccio della valigia e si mise a camminare verso la stazione senza voltarsi. Se Evelina lo avesse seguito, sarebbe stato capace di partire?

Per il tratto fra la piazza e la stazione continuò a pensarci. Seguí il rumore delle rotelle della valigia sul marciapiede con totale concentrazione. Uscí dall'ombra degli ippocastani e dei tigli sulla piazza. Guardò a sinistra la fontana delle anfore che buttavano fiotti d'acqua e le rane di bronzo che dal basso intorno alla vasca zampillavano verso il centro. Il gorgoglio gli portò l'immagine del torrente che lui fissava nel bosco vicino all'albergo. A destra un gruppo di turisti facevano girare la colonnetta delle cartoline, davanti al giornalaio.

Salí i pochi gradini ed entrò in stazione. Si voltò. Evelina non si vedeva neanche tra gli alberi piú lontani. Il rapido era al binario 1 A e aveva due carrozze. Piacevole inizio trovare un treno quasi locale, al posto dei lunghi treni carovanieri che attraversano l'Europa e nei quali si ammassano insensati viaggiatori. Salí. Vetture a scompartimenti aperti, il suo posto era al finestrino e seguiva il corso del treno.

Si sedette con sollievo e chiuse gli occhi per stabilire una pausa. Doveva solo prepararsi al viaggio. Prese i giornali, i libri, un quaderno. Mise a posto la valigia e si assestò. Aprí il giornale. Arrivava la libertà della solitudine. Non voleva lasciare interstizi nel pensiero prima che il treno partisse, quindi osservò anche i compagni di viaggio mano a mano che salivano in vettura.

Dall'altra parte del corridoio, nel posto singolo di fronte a lui c'era una ragazza altissima. O era l'illusione creata dalla minigonna su gambe lucide e lunghe. Un viso abbronzato e di lineamenti perfetti, truccatissimo ma non volgare, immobile, in posa davanti a un fotografo. I capelli lucidi di gel tirati dietro le orecchie e corti. Senza piegare il busto sfogliava una delle riviste posate davanti a sé.

Ne dedusse che si trattava di una indossatrice o di una oculata interprete della bellezza e della moda. Lo suppose osservando la tinta bruna e setosa della pelle, di un colore omogeneo innaturale. Ma lasciò perdere. Non era attirato dai tipi di donna copertina. E lei non era interessata agli altri o alle cose.

Quasi a malincuore un uomo si sedette nel posto di fronte a lui verso il corridoio.

Si alzò e dette un'occhiata alla vettura. In fondo, di spalle, gli parve di riconoscere un potente collega. Si sedette pieno di spavento. Subito lo assaliva e lo inseguiva la realtà quotidiana, con i fastidi che aveva quasi dimenticato.

Dolcemente il treno si mosse. – Piú che perfetto! – esclamò prima di volerlo verso il suo interlocutore. L'altro alzò le sopracciglia e tentennò la testa come se qualche cosa non andasse per il verso giusto. Ogni tanto ripeteva il cenno di perplessità riflessiva alzando le sopracciglia per immobilizzarle e guardare fisso avanti.

Si dedicò alle montagne che sfilavano. Le case le punteggiavano rendendole meno affascinanti.

Il cimitero, i nuovi quartieri, i meleti irrigati da alti getti. Le montagne in verde ritornarono a fare compagnia nella lunghissima valle dell'Isarco che si apre verso Trento, piú casalinghe, un miscuglio di isolamento e giardinetti addossati alle abitazioni. Si sentiva che qui cominciava l'Italia famigliare, creature di usi diversi abitavano la zona che non era piú innamorata del silenzio e della bellezza, ma piuttosto dei bambini che riapparivano davanti a casa, spuntavano negli orti e dalle finestre aperte.

Seguí un filare d'uva e al di là, sugli alberi per un gran tratto in piano, grappoli di mele rosse. Passò un paese che si chiamava Ora. La strada correva parallela ai binari e le macchine si muovevano in su e in giú. Pensò che non si possiede mai un panorama di montagna perché le visuali si moltiplicano, deludono e dopo incantano. Un picco aguzzo si trasforma in altopiano e l'altopiano da imponente, visto da un certo luogo, risulta modesto in confronto a guglie invisibili che diventano dopo un attimo minacciose. Per chi non le vuole bene, la montagna è un sipario d'acciaio che si stringe addosso; per chi si lascia catturare da lei, diventa luogo incantato dove non abiti mai nello stesso punto e non passi mai dalla stessa strada.

Anche qui era cosí: sembrava finire un alto sperone e dopo un attimo ci si accorgeva che era solo una minuscola sporgenza di altre rocce.

Mezzocorona. Stazioncine. Stava avanzando la pianura e retrocedevano le grandi catene montuose. C'era dolcezza antica nelle figure lontane. Una ragazza seduta in terra tra le vigne. Qualche vecchia fuori dalle porte, pochi uomini. Cercò di non ricominciare il gioco ossessivo del «luogo». Per associazione ripensò a Evelina già diventata passato. Il treno ha questo di meraviglioso: che si attenua qualsiasi dispiacere, qualsiasi perdita dentro al rumore monotono e all'inevitabile allontanamento che non riguarda il nostro volere; dentro al continuo entrare e uscire da campagne, fiumi, montagne, città.

Consegnò il biglietto al controllore e fece l'atto di aprire il giornale, ma il controllore aveva qualche cosa da dire: – Lei è in multa. Non ha timbrato il tagliando alla stazione.

– Ho acquistato il biglietto a un'agenzia. Non ho mai timbrato un biglietto alla stazione.

Il controllore indicò una scritta sul tagliando accluso al biglietto. – Ecco qui. Doveva leggere.

La calma dei giorni di quiete scomparve e ritornò lo sdegno quotidiano verso i controsensi burocratici inventati per estorcere denaro. Vide una scritta minuscola in rosso. – Non ho letto, – dichiarò seccamente. – L'agenzia serve appunto per non perdere tempo agli sportelli –. Il controllore ripeté la cifra senza scomporsi. – Non pago –. Si limitò a osservarlo mentre restituiva il biglietto all'uomo di fronte. L'uomo alzava le sopracciglia con maggiore frequenza, tentennava la testa. – C'è la data sul biglietto, non è vero? Il biglietto è valido per oggi e su questo treno, non è vero? La prenotazione è regolare?

– È il tagliando che andava vidimato, signore.

– Le ripeto che si tratta di un imbroglio e di un sopruso.

L'altro batté ancora l'indice sulle frasi in rosso.

– Doveva leggerlo. Era tenuto a saperlo.

– Bene –. Pensò di alzarsi e colpirlo con un pugno. Pensò di venire a una transazione d'affari. – Pagherò fino a Verona.

– E dopo?

– Scendo e lo faccio vidimare.

– Non credo che farà in tempo.

– Lasci che ci pensi io.

Il controllore non si scompose. – Seimila per ora. Passerò dopo Verona.

– Passi pure.

Non sarebbe mai sceso dal treno. Qualora fosse tornato, avrebbe pagato ma per principio si opponeva. Era l'ultima resistenza teorica contro le astuzie che di continuo ingannavano il cittadino.

La vacanza dalle vessazioni era finita: subito, sul treno, si era imbattuto in una delle trovate di settore. Questa volta si sottoponeva la regola sconosciuta all'attenzione di chi doveva eseguirla in modo che non ne venisse che raramente e per caso a conoscenza. Sarebbe stato appassionante scrivere un saggio sulle varie modalità con le quali si enunciavano regole, leggi, necessità comportamentali, itinerari burocratici e fiscali per scoprire la «malvagità formale» con la quale venivano fissati, in quanto il fine era sempre di indurre alla morosità, alla colpa e allo spreco del proprio tempo, di ribadire l'umiliante insignificanza del singolo e dimostrare il disprezzo dello Stato verso di lui.

L'uomo alzò il mento indicando il controllore che si allontanava e tentennò la testa: – Poteva lasciar correre. Mah!...

Cercò di calmarsi. Aprí il libro e gli capitò una frase che ripeté subito ad alta voce: – «Se tenti di arrivare a una civiltà perfetta sarai di certo contro la democrazia...» dunque bisogna tenersi i nostri controllori.

Il vecchio tirò giú gli angoli della bocca e alzò le sopracciglia. – Mah! Anche allora... – Si bloccò guardandolo negli occhi.

Voleva chiarire subito l'equivoco ma intuí che era fatica sprecata. Invece lo osservò.

Non era tanto vecchio. Era il cenno di scetticismo che si ripeteva a renderlo senile. Per il resto era un uomo magro, diritto, dai capelli lisci e brizzolati alle tempie. Una spalla aveva ceduto verso il basso. Con un dito accennò dal finestrino ai monti che sfilavano, tutti verdi, abbastanza alti. – Pensi all'Adamello!

– Lei è stato sull'Adamello? – esclamò e subito si sentí ridicolo.

Tentennò la testa. – Io ho sessantacinque anni, caro signore, ma mio padre c'è stato. Però è lo stesso, no? Si trovano i bossoli. Ci crede?

– Ma certo, – si affrettò a dire.

– Sempre la stessa cosa. Non bisogna prendersela.

– Intendevo proprio questo, – cominciò. L'altro l'ascoltava poco o niente. Seguiva itinerari che non erano facili da individuare. Forse voleva esprimere una specie di filosofia sull'eterno ritorno, sulla morte e sulla vita o sui guai dello Stato italiano sempre uguali. Le deduzioni erano difficili. Eppure lui cominciava a incuriosirsi proprio al modo per il quale i pensieri in certi punti del discorso interno emergevano e diventavano voce.

– Mah! Una guerra mio padre, una guerra io, magari una guerra lei... – Scoppiò a ridere. – Bisogna rassegnarsi, no? Tirare avanti...

– Certo, certo, – ripeté precipitosamente. Le parole fraintese di poco prima erano sparite nell'anfratto di un percorso mentale.

– Ho quattro figli. E lei?

– Non ho figli –. Stava per aggiungere che non ne avrebbe voluti per nessuna ragione. Lasciare anche un figlio in ostaggio al futuro era troppo. Si fermò in tempo.

– Mah, – continuò l'altro. – In casa c'è rimasto solo quello di venti anni. Chi lo conosce? – Si immerse in sé e riemerse con una domanda. – Ne ha quaranta?

– Quaranta esatti, – confermò.

– Bella età. Mio padre a quella età era già morto.

– Cosí giovane?

– Ma che cosa vuole che le dica, – osservò invece di rispondere. Sollevò le sopracciglia e tentennò la testa. – Bisogna avere pazienza, molta pazienza e tutto si aggiusta.

– Di sicuro, – confermò smentendo dentro di sé la calorosa affermazione. Non si aggiustava niente. Non esisteva la colla magica che rimetteva insieme i pezzi cancellando cicatrici e incrinature.

La stazione di Trento: si accorse di quanto era elegante, rimasta integra con le teche d'epoca per la pubblicità, le porte decò in cornici di legno nero e biondo e vetri opachi bianco latte nei riquadri rettangolari.

Entrò una donna incinta molto grossa che trascinava una pesante valigia. L'aiutò a issare la valigia sul portabagagli. Sospirando la donna si sedette vicino a lui e di fronte al vecchio. Indossava un largo camicione giallo a fiorellini. Teneva raccolti i capelli castani con qualche filo bianco dietro la nuca. La faccia piena di lentiggini, dai piani larghi, in confronto al corpo pareva piccola. Aveva gli occhi gonfi e palpebre dalle ciglia chiare. Stanca e insonnolita. Con lentezza tirò fuori da una borsa di stoffa i ferri e un golfino azzurro. Mani da massaia, rosse sulle dita e sul palmo. Si mise a lavorare.

– È grossa, eh? – esclamò l'uomo, che aveva seguito le operazioni con molta attenzione. Lei gradí la confidenza.

Ricambiò il sorriso.

– È finito il tempo, pensi.

– Mah! Bisogna aver pazienza.

– Eh, sí, – confermò la donna.

– Maschio, – disse l'uomo.

– Eh, sí, – ripeté. – Maschio.

– Io ne ho quattro.

– Con questo anch'io.

– Bel numero.

La donna tentennò la testa in sintonia come se il loro linguaggio e il loro pensiero procedessero in simbiosi.

Distolse gli occhi. Un uomo non poteva desiderare una donna incinta, anche amata. Era contro natura fare all'amore con una donna che nella pancia portava una creatura viva. Si distolse subito da un elemento troppo fastidioso. Aveva costretto Matilde ad abortire due volte. La prima volta era una ragazza di vent'anni ed era stata d'accordo. La seconda volta ne aveva ventotto e si era messa a piangere. L'università finita e lontana, si erano sposati e in casa stava quasi sempre sola. Aveva dovuto convincerla. Di questo argomento non avevano piú parlato, ma era sicuro che Matilde adesso non volesse piú figli. Una donna che si dedica all'erotismo con assoluta passione non può volere figli. In secondo luogo erano d'accordo nel risparmiare il dramma del futuro a un nuovo essere umano.

Ricominciò a pensare a San Costantino, a Ums, all'altopiano, a Evelina. Faceva fatica a ritrovare i sentimenti vissuti prima della partenza.

Il treno correva verso Verona in un solco verde di alberi alti e bassi. Passarono sotto una breve galleria e sbucando all'aria si profilò la campagna che a lui diceva poco.

Ritornò alla conversazione con l'uomo di fronte. Si convinceva che l'approccio alla realtà non aveva piú come primo alleato il linguaggio. Si dovevano cercare altri mezzi e non sapeva quali, ma il silenzio gli sembrava una tappa necessaria, come nel Medioevo erano stati necessari i conventi e la clausura che difendesse dai fatti esterni. Aveva creduto che solo attraverso il linguaggio si potesse dimostrare la falsità delle precedenti strutture teoriche o sociali, ma oggi credeva piuttosto il contrario: che prima di tutto era attraverso il linguaggio che si copriva e si smontava la verità e si impediva spesso una conoscenza reale. In fondo Evelina dava la sua piccola risposta. I suoi modi di rapporto e di colloquio non erano affidati prima di tutto al linguaggio ma essa lo cercava, si sarebbe detto, all'interno di sé, solo in certi casi, perché le parole non fossero mai inutili e falsificatorie.

Batté gli occhi ed Evelina si fece avanti, vide la piega riflessiva del collo e della testa che di solito prendeva prima di parlare. Incontrò lo sguardo dell'uomo e gli sorrise per un riflesso di simpatia. L'altro lo inserí subito nel giro del suo pensiero.

– A Verona, – gli confidò, – ci sono stato in viaggio di nozze. Appena tornato dalla guerra.

Benché le parole fossero emersioni troppo distanti le une dalle altre per penetrare in una logica che filava rapida e sconosciuta, era piacevole parlare con lui. Ogni frase che diceva rimandava a una domanda. – E dopo? – gli chiese.

– Dopo ci sono rimasto. Ha visto che cosa vuol dire il destino? – Alzò le sopracciglia. – Chi l'avrebbe mai detto! Ci sono rimasto e non mi sono piú mosso. D'estate andiamo in villeggiatura a Mezzocorona.

– Mezzocorona. L'abbiamo passata adesso.

– Eh, sí. Sempre la stessa casa da trent'anni. Sono stanco, mi creda, ma ci vuole pazienza. Torno per il negozio –. Puntò il dito verso i giornali e i libri. – Vendo libri. Ha visto che coincidenza?

Si sentí a disagio. Che cosa voleva dire quel tipo? Alludeva alla sua professione? E come aveva fatto a indovinarla? Di nuovo era emerso un solo frammento del discorso interno e bisognava fare un'ulteriore domanda. Non se la sentí. Si mise a leggere.

Arrivarono a Verona in orario, alle 12,30. Da Verona a Roma c'era tutto il tempo per rinunciare alla strana puntualità e rientrare nella norma dei ritardi.

Il vecchio salutò e scese, anzi sparí. Lo rimpianse. Aveva voglia di parlare del piú e del meno. Fissò la ragazza abbronzata. Sfogliava le riviste o rimaneva immobile appoggiata allo schienale con gli occhi chiusi.

Entrarono in molti. Un ragazzo con una maglietta dove c'era scritto OPEN, la cuffia del registratore alle orecchie. Si sedette di fronte alla ragazza abbronzata. Lei non lo degnò di uno sguardo. Era un giovane sformato come un cinquantenne corpulento; grosse braccia e grosso collo, pancia. Fissava un punto impreciso che non era nel volto della ragazza ma al di là di quel volto.

Uno dei tanti che si incontrano per Roma in gruppi erratici al sabato e alla domenica; l'espressività verbale quasi assente, richiami che segnalano la propria presenza e rassicurano il branco. L'opposto estremo alla falsificazione dei significati per acceleramento informativo, fini di manipolazione e uso sconsiderato del linguaggio, era questa essenzialità tribale; il ritmo l'urlo e il richiamo.

Un uomo robusto chiese permesso e si sedette di fronte a lui. Lo guardò sbadatamente e lo definí un contadino o qualche cosa di simile benché avesse una borsa da borghese di ottimo cuoio. Una ragazzina magra, quasi un profilo, si sistemò al posto del vecchio di fronte alla donna incinta e subito si mise a guardarla con meraviglia, quasi fosse un fenomeno al quale era impossibile credere. Portava occhiali tondi, cerchiati di ferro, capelli cortissimi che la mano continuamente alzava sulla fronte. Suppose che uscisse da una brutta operazione o fosse anoressica o si drogasse. La camicia si appiattiva davanti ed entrava a pieghe larghe nei jeans che pur essendo due stretti cilindri mascheravano gambe inesistenti. La ragazzina portava nello scompartimento un briciolo di stranezza fisica, una assurda levità.

Il treno si mosse. La stazione di Verona quasi subito sparí. Alzò gli occhi sull'uomo che leggeva il giornale.

Prima avvertí un sospetto confuso e un disagio. Poi si trovò a ricomporre sulla fisionomia pesante, la pelle ruvida e il cranio già pelato, il ventenne dai capelli crespi e i baffi folti che aveva conosciuto. Si sentí schiacciato in una trappola e raggiunto da un killer. Velocemente passò in rassegna le vie d'uscita. Prima di tutto si alzò e andò nel corridoio. Percorse quasi tutta la vettura ma non trovò un posto libero. Aveva intenzione di passare nell'altra vettura ma nell'ultimo sedile verso il corridoio scoprí il collega che aveva evitato a Bolzano. Poteva ignorarlo adesso ma non dopo, al ritorno.

Era spostato in avanti su alcuni fogli. Notò la giacca di lino blu. I capelli grigi ben tagliati. Notò il collo di una delle solite camicie a quadretti che aveva comperato a New York ed erano diventate una divisa. Smise di fissarlo perché se si fosse girato bruscamente non avrebbe avuto margine di fuga. Proprio lui faceva parte della commissione di concorso per le cattedre dal quale dipendeva il suo futuro. Avrebbe dovuto avanzare i suoi servigi, eppure non lo faceva ancora con il rischio di annullare un duro lavoro passato. Desiderava con forza disperata l'ufficialità e la stabilità necessarie per sopravvivere come l'ossigeno e invece non riusciva piú a procedere nelle mosse pianificate perché era sopravvenuta una paralisi psicologica imprevista.

Preferí tornare al suo posto. L'uomo di fronte teneva abbassato lo sguardo sul giornale: era cambiato, piú grasso e troppo vecchio. Anche la propria fisionomia sarebbe sembrata diversa, se l'altro lo avesse riconosciuto: i capelli bianchi troppo presto, il viso segnato da rughe. A quel tempo, lo aveva soprannominato «il cretese» per gli occhi nerissimi di taglio obliquo a fior di testa e spostati ai lati, il naso diritto e la carnagione olivastra. Dei ricci crespi, gramsciani, rimaneva una corona di capelli intorno alla nuca. Si accorse che le belle mani di ragazzo di buona famiglia erano diventate massicce e ruvide.

Erano stati amici solo per due anni ma per settecentotrenta giorni consecutivi. Quando aveva cambiato facoltà non si erano piú cercati. Oppure lui aveva tagliato di netto. Fissandolo adesso lo rivedeva accanto nei cortei, vedeva il modo con il quale rimaneva immobile di fronte alla polizia schierata e lui intuiva che lo stava proteggendo senza un solo movimento di inquietudine. L'ombra che rassicura: uno spontaneo, umano manifesto dell'amicizia.

Chinò lo sguardo sul libro ma non poté fare a meno di rialzarlo. Scorrevano le terre dal cielo basso. Il tempo cambiava. Il colore dominante era diventato il grigio velato di strisce biancastre. Venivano le risaie dopo il Po: largo, malinconico, antico. L'acqua verde opale che si muoveva maestosa verso la foce nascondeva veleni e morte. Gli alberi a ciuffi parevano appannati, semicancellati nel disegno.

Si passava dal Veneto all'Emilia, dalle dolcezze di una pianura ancora verde o incolore, alle distese di terra grassa, di zolle che rivoltate per la semina nell'inverno sarebbero diventate da rosse a biancastre di brina a bianche di neve, fino ai filari dei pioppi all'orizzonte che dividevano i latifondi.

Non si era accorto che il compagno di viaggio lo fissava. Incontrò gli occhi obliqui e vi affondò senza riemergere seguendo le fasi di incertezza, stupore, gioia. Non cambiò espressione, non corrispose a nessuno dei segnali.

– E allora, – cominciò il Cretese. – Non mi riconosci? Sono Andrea.

Rimase inespressivo. – No, – disse. – Non credo di averla mai incontrata –. Guardò il biancore sfumato al grigio dell'orizzonte cercando di sottolineare la sua assenza.

Andrea il Cretese rimase per una breve pausa a fissarlo, a sincerarsi con estrema cura di quello che vedeva.

Disse: – Non ho dubbi. Sei Alessandro.

– No, – ripeté. – Guardi che si sbaglia.

– Non hai frequentato la facoltà di architettura a Roma negli anni '68 e '69?

– No. Ho fatto una scuola tecnica a Milano.

– È impossibile, – esclamò il Cretese alzando la voce in una specie di strappo. Continuò a fissarlo con severità collerica.

Capí che si era messo in un vicolo senza uscita. La memoria gli restituí le collere del Cretese alle assemblee. Conosceva il suo interlocutore. Non avrebbe mai intuito che doveva stare alla implicita indicazione contenuta nelle sue menzogne e lasciar perdere. Non aveva mai avuto fantasia. Alle loro bellissime feste in costume si mascherava da fantasma perché era facile reperire un lenzuolo. Per un solo secondo suppose che poteva dirglielo direttamente: «lasciami in pace, abbiamo quarant'anni». Cercò subito un altro modo per uscire dal pasticcio nel quale si era cacciato.

– Forse lei mi scambia con mio fratello. Io mi chiamo Fabio.

– Tuo fratello? – Nel tono incredulo e nell'insistere a dargli del tu c'era una carica aggressiva ma anche un dubbio del quale bisognava approfittare.

– Mio fratello Alessandro frequentò per due o tre anni la facoltà di architettura a Roma. Aveva cinque anni meno di me. Nello stesso periodo io lavoravo già.

– Non ho mai saputo che Alessandro avesse fratelli. Tu cosa facevi, che cosa fai voglio dire?

– Commercialista –. Apparve e scomparve il quadretto che comprendeva se stesso, Andrea e Matilde a braccetto, sotto gli striscioni degli slogan.

Il Cretese rimase in silenzio ma corrucciato. Qualche cosa non lo convinceva. All'improvviso alzava gli occhi e lui sentiva che lo osservava: la fronte, le rughe, i capelli, le mani. Con un tuffo al cuore si rese conto che i libri lo avrebbero smentito come commercialista e l'altro avrebbe ricordato che Alessandro si era iscritto a Lettere quando aveva abbandonato l'attività politica.

Con disinvoltura prese i giornali e li posò sui libri.

– Tu, – riprese l'altro, – sei il fratello allora. Alessandro dov'è, dove vive?

– È morto. Morto un anno fa –. La voce si era alterata per uno strano dolore che provava su se stesso. Mentre mentiva si diceva che il suo nome e cognome si trovavano sull'elenco telefonico di Roma. Aggiunse notizie per sviare le ricerche e per convincerlo. – Era venuto a stare a Milano. Faceva il designer. Era sempre stato uno molto... – Non trovò altre parole. Credette di ripetere una informazione già data. – Si erano stabiliti a Milano.

Davanti a sé aveva un viso bloccato nello stupore.

– Chi? Chi, si era stabilito?

– Loro. Lui e Matilde, sua moglie.

– E Matilde? Dov'è Matilde?

Inghiottí saliva. Stava rendendo la situazione grottesca. – Mia cognata non sta piú in Italia. Vive in Francia.

Il Cretese diventò incerto. Chiese a voce bassa: – Di che cosa è morto, cosí giovane?

– Di un infarto. Nessuno poteva immaginarlo.

– Morto... – mormorò il Cretese tra sé. Finalmente sembrava crederci ed era sgomento. Gli si inumidirono gli occhi. Guardava i paesini che scorrevano e avvicinavano a Bologna. Lui cominciava a sentire un sollievo, una leggerezza come se la bugia lo avesse liberato da un pesante ingombro che si portava dietro da anni. Morto. Lui era un altro, dunque. Aveva finalmente il diritto di parlare di un ragazzo che non c'era piú. Nessuno poteva fargli una colpa se il fratello era stato felice sognando la rivoluzione.

– Morto... – mormorò ancora il Cretese guardando i campi, le case, la pianura. – Tu gli somigli moltissimo.

Calò tra loro un vuoto fisico. Provò il desiderio acuto che la conversazione riprendesse. La ragazza con gli occhiali aveva tirato fuori un libro di geometria e una rivista di automobili. La donna incinta aveva abbandonato il golfino sulle ginocchia e dormiva. Il viso era sofferente, le labbra semiaperte, la fronte imperlata di sudore.

– Alessandro era un suo amico?

Il Cretese alzò le spalle. Teneva la faccia rivolta al finestrino e la fronte vicina al vetro. – E sicché, aveva sposato Matilde... – Lo scrutò per l'ennesima volta: – Ha i capelli bianchi. Per il resto siete uguali. Due gocce d'acqua.

– Sembravamo gemelli.

– Due gemelli... – ripeté soprappensiero.

Per distrarlo dalla sua fisionomia lo interrogò.

– E lei si è laureato in architettura?

– Mai un esame. Un servizio militare durissimo. Sa che cosa capitava a quelli che avevano fatto attività politica e passato qualche giorno in prigione?

– No, – mentí. – Non ho idea.

– Allora vada a vedere qualche film americano sui corpi e sugli addestramenti speciali e se la farà –. Sorrise. – Sto in campagna dal '77. Da due anni ho comperato un podere vicino a Modena. Dopo tante fatiche ci sono riuscito –. Tirò fuori dal portafoglio una fotografia. – Questa è la mia famiglia.

Teneva stretta alla vita una donna castana che sollevava in alto un bambino di sei mesi circa. Una ragazzina di dodici, tredici anni si appoggiava al padre. Erano su un'aia davanti a una vecchia, ampia casa.

– Marina, mia moglie. Faceva agraria. Dopo il servizio militare mi iscrissi ad agraria anch'io. È stata una buona idea. In campagna è meglio, nonostante che sia difficile –. Cambiò bruscamente discorso. – Alessandro era un idealista. Non so proprio come abbia potuto vivere a Milano facendo il designer...

– Come lei e come me, – lo interruppe. – Non vedo la differenza.

Il Cretese sorrise. – Ma la vedo io, che lo conoscevo meglio di lei. La vedo io –. Girò lo sguardo e cambiò espressione. La donna incinta stava male. La ragazza di fronte sbarrava gli occhi e non si muoveva, non diceva niente.

Il Cretese si alzò dal suo posto e si chinò sulla donna. La scosse per una spalla. – Signora, mi sente?

La donna cercò di aprire gli occhi ma le palpebre si riabbassavano. Balbettò: – Sono debolissima...

La scosse piú forte. – Ha preso qualche calmante? Ha dolori? Mi faccia sedere qui, – disse alla ragazzina che subito lasciò il suo posto. Si chinò di nuovo sulla donna. – Dove scende signora?

– Bologna. Mi sento svenire...

– Qualcuno la viene a prendere?

– Mio marito. Credo...

Guardò l'orologio. – Manca un quarto d'ora. È un calo di pressione, non è niente. Si faccia forza e apra gli occhi! – ordinò.

– Scende a Bologna anche lei? – chiese la donna con speranza.

– Scendo a Firenze ma l'accompagnerò. Tanto devono attaccare l'altro treno. Conosco la manovra. Prima che si riparta!

Parlava troppo esponendo una finta durezza che svegliava la donna. Le porse il fazzoletto. La donna se lo passò sulla fronte e sul collo. Ricambiò il sorriso. – Sto meglio. Succede perché è scaduto il tempo. Sono digiuna.

– Un viaggio è un bel rischio.

La donna allargò le braccia. Poi nello scompartimento si misero a osservare le ciminiere, le case, la città che arrivava, i binari, gli scambi che s'infittivano. I colori marroni si addensavano intorno al fabbricato basso della stazione che ha le caratteristiche di un vecchio impianto rugginoso sempre efficiente.

Il treno si bloccò di fronte al corpo centrale. Il Cretese aiutò la donna ad alzarsi e sollevò la grossa valigia senza sforzo. La donna fece un timido cenno di saluto verso gli altri. Il Cretese si rivolse a lui: – Non si preoccupi, torno subito...

La sparizione di Andrea lo fece diventare nervoso. La ragazza magra riprese il suo posto e posò la rivista sul sedile lasciato vuoto. Una signora con un ciuffo di capelli bianchi e un vestito azzurro si sedette al posto della donna incinta. Aveva con sé uno zaino rosso. Viso abbastanza fresco, poco trucco. Tracce di sofferenza nella mobilità dei muscoli intorno alla bocca e agli occhi dove s'irradiavano fitte rughe. Suppose che avesse cinquant'anni. Nello sguardo c'era qualche cosa di nascosto, di piegato per sempre.

Via vai sotto le pensiline. Bologna era una stazione alacre, simpatica. Guardò verso il punto dove era esplosa la bomba dell'attentato nell'agosto del 1980 e intravide la crepa saldata dal cristallo che lo ricordava per sempre.

Sequenze di gesti, donne che piangevano, barelle, corpi squarciati, soccorritori al lavoro, polvere, volti sgomenti. Bambini insanguinati. Lacrime. Strage. Processo per strage. Trame nere. Gelli e P2. E adesso tutto che sembra da capovolgere. I giudizi già provati da cambiare. Dietro c'era l'Italia che non si vede dal treno, che emerge e ritorna a sparire nell'immenso sottosuolo, forse uno spazio grande come il paese stesso sul quale noi camminiamo piegati ad ascoltare larve di verità.

Il tempo correva e si distendeva lunghissimo oppure si rattrappiva in niente.

Il treno si mosse. Istintivamente scattò in piedi per cercare Andrea. Si trattava soltanto della manovra di agganciamento alle vetture che venivano da Venezia. Avrebbe potuto nascondere i libri. Non lo fece. Sperava che le bugie funzionassero e insieme che fossero sventate.

Passò il controllore senza fermarsi. Non era piú lo stesso della multa di Trento. Il collega autorevole rimaneva nella posizione di partenza: una manica sporgeva dal bracciolo e la mano teneva i fogli. Di fronte al collega c'era un posto vuoto. Avrebbe potuto approfittare dell'occasione. Il Cretese non si vedeva. Cercò di rilassarsi. Si addormentò. Quando uno scossone gli aprí gli occhi il treno stava lasciando la pensilina. Il Cretese davanti a lui leggeva uno dei giornali che nascondevano i libri. Ne era rimasto solo un altro posato sopra.

– C'era il marito? – chiese.

– C'era. Gli ho suggerito di portarla all'ospedale. Speriamo che lo faccia.

Si lascia una stazione e una città scompare. Di nuovo la natura mette in scena colori, primavere o temporali. Altri agglomerati umani. L'Italia è un susseguirsi di luoghi che dal treno sembrano armonici e composti per il meglio. Povertà e ricchezza non si confrontano mai con forti immagini. Scendendo dall'osservatorio in corsa, il quadro oleografico e un po' all'antica si deforma in uno stridente contrasto delle componenti prima armoniose; un aggrovigliarsi di fatiche, di comportamenti anomali, di una vita civile abbandonata alla prepotenza e alla rabbia.

Periferie tristi, un reticolo di antenne. Dove abitavano le famiglie senza televisore o senza telefono? senza automobile? La povertà era diventata un numero senza corpi, inghiottita dai dati statistici. Tra noi e la povertà avanzava un muro di camorra, mafia, droga, denaro sporco, spropositate ricchezze, potere. Le luci puntate sulla rappresentazione nascondevano milioni di persone dalla vita banale piena di fatiche, sottoposte da sempre all'ingiustizia, che vivevano nel buio al di là dei riflettori.

Fabbrichette. Già si profilavano le montagne dell'Appennino con ombre da tramonto. Passò la galleria ad arcate in un seguito di bagliori. A Castiglion de' Pepoli fece in tempo a vedere il castello merlato. Poi un rumore assordante e un buio fondo lo assalirono; le luci non si accesero e rimasero immersi nel nulla.

Si ricordò in tempo che il Cretese conosceva la sua debolezza nei confronti del buio. Rimase immobile. Percepiva fissi su di lui gli occhi che aspettavano l'inevitabile orrore. Rimase assorto nello sforzo di dominare il panico senza dire una parola. – Che fastidio! – esclamò la signora cinquantenne. Nessuno rispose. Parlando piú forte del rumore delle ruote avrebbe potuto confessare con un tono allegro: «Sono Alessandro, facciamola finita!»

Il treno uscí dalla galleria in piena luce. Il Cretese dormiva.

Sentí una gran fame. Si decise ad andare a mangiare. L'immersione in mezzo alla gente gli costava fatica perché non sopportava piú la fisicità degli altri esseri umani. Davanti, a ragionevole distanza, camminava il collega evitato. Cominciò a pensare che tante coincidenze esistessero solo nella fantasia e che costui fosse uno sconosciuto. Non provò a raggiungerlo, anzi rallentò. Nella carrozza restaurant lo vide ancora, seduto in fondo al vagone, sempre di spalle.

Si ricordò che Andrea scendeva a Firenze. Ne sentí la mancanza fisica. Di questa sensazione ridicola c'era una causa: avevano vissuto per due anni in una promiscuità di gruppo che non cessava mai, notte e giorno. Prima di tutto erano stati i corpi a fare amicizia e ad avere bisogno uno dell'altro. Di conseguenza adesso sentiva il riflesso condizionato della vecchia abitudine.

Scelse cibi che avrebbe potuto mangiare in fretta. Davanti ai larghi vetri scorreva la valle del Bisenzio e a sinistra la montagna che porta ai pendii di ulivi a Vaiano. Non si ricordava in quale stazioncina del percorso Bologna-Firenze c'è il monumento a un cane fedele. L'Italia delle stazioni sembra un onesto Stato pre-industriale, con qualche punta di modernità che si ferma agli anni '30 e solo per Roma «salta» agli anni '50. È una facciata quasi arcaica: non rivela l'ingiuria che subiscono continuamente le cose e gli uomini. L'Italia delle stazioni parla ancora di contadini, di operai, di tradotte e di popolo. Mai di stragi, di complotti, di esecuzioni, di rapimenti. Eppure questa Italia delle stazioni viene coinvolta e trascinata dentro ai disegni sanguinari, ai giochi di prestigio delle truffe internazionali, alla sistematica predazione proprio di questo onesto vivere.

Evelina gli aveva raccomandato di dare uno sguardo alla villa cinquecentesca costruita, pare, su disegno di Leonardo. La villa arrivò, alta sui giardini terrazzati e disparve come un angelo volante. Prato stessa la inghiottí. Per qualche secondo s'incantò a osservare la gente dentro alle case che organizzava per i viaggiatori un teatrino istantaneo: la donna che stirava, le bambine che giocavano, l'imbianchino sulla scala, i giovani alla finestra, un bacio rubato, la ragazza allo specchio.

Firenze si avvicinava. Per un attimo apparve la vecchia fornace imponente, le ciminiere grigie aggrappate alla collina, circondate da ginestre. Sesto e le ville medicee e naturalmente il cielo toscano che rende nitidi tutti i contorni e li staglia. Ma allora mancavano solo dieci minuti.

Si mise a correre per i corridoi, passando vicino ai corpi, strisciando in spazi stretti perché la gente non si faceva da parte. Gli parve che la velocità del treno e il suo fischio fossero diventati insopportabili.

Probabilmente lo videro stravolto e sudato. La signora chiese: – Si sente male? – Fece un cenno secco per farla tacere. Il Cretese era rimasto indifferente. Leggeva il secondo giornale e aveva posato il primo sui libri. Dunque aveva visto i titoli. Non aveva cambiato espressione, anzi non lo aveva guardato affatto.

Si sedette. Cercò una frase ma non riuscí a parlare. Teneva gli occhi sul Cretese forse aspettando qualche domanda prima che il treno si fermasse. Ma l'altro continuava a leggere. Oppure fingeva. Si convinse che fingeva.

Erano già dentro alla città e i binari si allargavano con treni merci e i vagoni dei treni locali fermi sui binari morti. Stavano entrando in stazione. Il cigolio dei freni gli parve fortissimo. Il Cretese si alzò. Si misurarono senza avere niente da dire.

Gli porse la mano aperta: – Stia bene. Mi ha fatto piacere conoscerla. È un peccato che Alessandro sia morto. Avrebbe fatto qualche cosa di buono. Ci sono tante cose da fare. Basta volere.

Doveva assolutamente rispondere qualche parola. Mormorò: – Vorrei poterglielo dire...

In due passi il Cretese fu nel corridoio, ma prima di raggiungere la porta si girò di scatto e aggiunse: – Ciao –. Aveva fatto il gesto largo, con il braccio teso, che ogni sera, per due anni, aveva ripetuto prima di andare a casa o di dormire vicino in qualche aula; e di solito solo per lui.

La luce di Firenze è giallognola. Si disse che le stazioni variano anche per la luce. La luce di Milano è grigio ferro, di Bologna marrone, a Firenze di alabastro sporco; a Roma, contro tutte le aspettative, di elegante ossidiana, cioè nera.

Continuò a immaginare colori per impedirsi di considerare l'incontro che aveva fatto e ciò che era avvenuto. Aveva perso ancora «un luogo»: la campagna dove viveva Andrea, la sua casa e la sua famiglia. Il luogo dove lo avrebbero accolto e ascoltato. Non si ricordava piú di che sentimento fosse fatta l'amicizia.

Bastava un indirizzo e un numero di telefono. Andrea era sceso dal treno e ormai era tardi per qualsiasi chiarimento.

Molto stanco. Aveva sonno. Gli faceva piacere che scendesse una cortina di torpore sulla giornata. Non aprí gli occhi ma si accorse che il treno si era messo in movimento e si avviava verso Roma. Corse avanti con la fantasia ad Arezzo, Orvieto, Chiusi. Le vedeva al loro interno, per scorci speciali. Una piazza o un angolo o una navata, un vicolo. Quando ci era stato e con chi. Ricordi confusi con il sonno. Un cappotto di ragazza, una gonna, Piero della Francesca, le salite di Chiusi, i bambini sbandieratori ma dove? A braccetto stretti, Matilde, una sciarpa rosa, un amico vicino, e cosí via. Brandelli. La prima automobile usata, un acquazzone, nuvole grigie squarciate nell'azzurro su Orvieto.

Caldo. Ritrovò la frase del Cretese: «Non si preoccupi, torno subito!» Quando si allontanava dal gruppo e lui lo seguiva con uno sguardo interrogativo, diceva sempre: «Non ti preoccupare, torno subito!» Aveva risposto d'istinto allo sguardo che esprimeva la stessa apprensione? Dopo, si era reso conto che i riflessi condizionati ed estratti dai meandri della memoria dei loro comportamenti avevano simultaneamente ristabilito la vecchia scena? Aveva letto i titoli dei libri?

Il caldo aumentava come se in sogno lo soffocassero di coperte di lana. Dormiva sotto un peso che gli toglieva il respiro. Ma non voleva. Apriva e chiudeva gli occhi. Passò nel finestrino l'infantile miraggio di un'aiuola con una fontanina. Sassetti bianchi. Ancora una pausa e poi edifici blu e verdi che gli offendevano la vista, deformazioni della fantasia architettonica del boom e dell'imbroglio. Si passava da una città con un campanile.

La ragazzina e la donna complottavano e bisbigliavano.

– Tutti trenta e lode. Ho la lode e la pubblicazione assicurata, per la tesi... – Brava, brava... – Ho fatto ingegneria in tre anni, dopo la laurea in biologia. Sono molto conosciuta a New York...

Ci fu una pausa.

– Lei è mai andata in Russia? – No... – All'università di Mosca mi hanno chiesto se mi trasferivo per un gruppo di ricerca...

Qui abbassò la voce.

– Non ho voluto farlo perché il mio fidanzato ha detto: o me o loro. Non posso dirle chi è, non glielo posso proprio dire... – Si figuri... – Glielo dirò invece...

Le voci svanirono di nuovo. Pensò di aver ascoltato il suo stesso sogno in cui faceva interpretare alla ragazzina una parte assurda. Aprí gli occhi con sforzo e li richiuse. Aveva visto la signora vestita di azzurro che si asciugava la fronte con un fazzoletto e si sganciava un poco il vestito. Capí da quel viso che qualche cosa non andava. Capí che lui era in un bagno di sudore e il suo sonno non era naturale. Finalmente si svegliò del tutto e guardò fuori dal finestrino. Dovevano essere già a Orte.

L'aria condizionata non funzionava piú; anzi funzionava al contrario e il caldo era senza rimedio. Non sapeva quanto tempo era passato. Aveva una gran sete, la gola gli bruciava.

– Che cosa è successo? – chiese. La ragazza lo guardò, estranea a tutto ma specialmente a lui verso il quale mostrava una diffidenza sospettosa. Aprí il libro e lui si accorse che si trattava di un testo per le scuole superiori, liceo scientifico o altro.

La signora molto sofferente rispose: – È al caldo massimo come in pieno inverno e non c'è niente da fare.

Molte persone preferivano rimanere in piedi nel corridoio, altre passavano per rifugiarsi in vetture diverse. Il controllore stava dicendo che non si sarebbe provveduto che a Roma. Alcuni finestrini erano in parte abbassati, ma non c'era sollievo. Il sole scottava. L'aria gli parve piú fresca solo per pochi secondi. Immediatamente la temperatura esterna si mescolò a quella interna creando un clima d'inferno.

Cercò di allargare e stringere le dita gonfie per reagire al torpore del corpo diventato pesante. Si alzò a fatica, camminò e di nuovo le spalle del collega lo respinsero verso il posto. Non aveva voglia di rifugiarsi in altri vagoni perché la situazione doveva essere identica. Guardò l'orologio: tra mezz'ora sarebbero arrivati a Roma. Si trattava di resistere e di calmare il cuore che aveva accelerato i battiti. Tra poco questa parte del viaggio sarebbe finita.

Intanto osservava la ragazzina: faceva finta di leggere, non muoveva gli occhi sulla pagina. Anche la signora in azzurro la osservava con una forma di apprensione. Lui era interessato all'indifferenza della ragazzina verso il cambiamento di temperatura. Il viso piccolo, grigio, senza carne non dimostrava alcuna fatica. Pareva considerare l'intollerabile caldo un modo qualsiasi di viaggiare, anzi di vivere. Il suo corpo era impermeabile alle sofferenze comuni. Suppose che avrebbe reagito nello stesso modo anche al freddo. C'era qualche cosa in lei che la teneva «fuori» dagli accadimenti esterni.

Si ricordò di come aveva reagito di fronte al viso sofferente della donna incinta. Sbarrava gli occhi senza coscienza di ciò che vedeva. Anzi, capiva adesso, era l'espressione di un disgusto, di una volontà di allontanamento da ciò che misurava incomprensibile. Intuí che era pazza o qualche cosa del genere. Che soffriva, a modo suo, con intensità. Che non sfuggiva alla sua mente il panorama umano intorno a lei, anzi ci pensava continuamente in uno stato di assedio. Solo la signora in azzurro era stata una interlocutrice per ragioni che non si potevano indovinare. Aveva bisbigliato rivolgendosi a lei per non farsi sentire dagli assedianti che si muovevano vicino, cambiavano, potevano diventare pericolosi.

Mezz'ora: tentò di concentrarsi su ciò che vedeva ma il sole feriva quanto il caldo dell'aria condizionata. Restò a fissare o il verde o le case o la campagna laziale ma senza tentativi di afferrare forme e cose. Aveva ritirato la percezione. Non solo era possibile, era l'atto piú facile per difendersi dal mondo esterno. Per la ragazzina era quasi impossibile compiere l'atto opposto.

Sarebbe stato utile sapere come diventava il mondo costruito solo sulle proprie fantasie e sui propri desideri o sui propri mostri. Ciò che andava raccontando alla signora in azzurro per lei era vero. Perché allora aveva smesso di parlare quando il nemico era diventato vigile? Aveva paura di essere scoperta? Di essere trascinata davanti a un tribunale? Dunque una parte di lei temeva che il gioco fosse scoperto e distrutto. Allora: il distacco dalla realtà e la follia potevano cominciare come un gioco? Come una necessità «costruttiva» nei confronti di una realtà «distruttiva»? E questa costruzione, che partiva da un istinto di sopravvivenza psichica nei confronti di una «insostenibilità», dopo, lasciava nella coscienza una traccia di questa «decisione»? Era un progetto, in qualche modo simulatore, per sottrarsi dal mondo cosí com'è, che si trasformava in istinto di difesa verso chi poteva distruggere il sistema inventato, e di rapporto verso chi invece lo poteva ammettere e in qualche modo accettarlo? In un quadro di scambi di questo genere, qual era il fine della verbalità, l'uso delle parole? A quali segni, a quali immagini bisognava corrispondere per entrare in contatto e far giungere i sentimenti? Forse il linguaggio diventava un preludio a un silenzioso rapporto piú complesso; un dispiegamento di metafore che rimandavano ad altro. La mitomania da cui sorgevano i racconti della ragazza forse era solo la prima copertura, l'amo che lei lanciava per essere accettata in un mondo al quale si poteva accedere solo da vittoriosi. Non riconoscere questa prima copertura sarebbe stato per la ragazzina un'offesa insanabile che lei avrebbe respinto con il silenzio e forse con un lungo periodo di prostrazione. Se invece si accettava, si poteva arrivare anche alla sua sofferenza e alla sua solitudine. Infatti, dopo aver dimostrato di essere un genio, apriva un libro di scuola e smentiva con un gesto ciò di cui aveva parlato. Ne era cosciente? Oppure era ormai incapace di legami logici tra un fatto e l'altro?

Nonostante tutto, quando si arriva a Roma, finché si è in treno, riemerge la certezza di appartenere a questa città. Si segue l'avvicinamento al di là delle grandi mura sbrecciate e logore, delle baracche e dei quartieri smisurati; dell'intreccio di auto e di uomini che si riconosce incommensurabile.

Questo ventre, roso da una malattia senza ritorno, lo attirava proprio nel rivedere le periferie abbandonate allo sfacelo, i mozziconi archeologici, la distesa dei binari e degli scambi che portavano alle pensiline.

Roma è un vizio. E per giustificarlo si incontra sempre un particolare che si salva. L'occhiata distratta verso il finestrino diventò un pensiero positivo perché non aveva mai notato che la parte decorosa della stazione era rappresentata dai pilastri dentro ai quali erano ricavati i posti di attesa. Assurdi in quanto funzionali nell'impotenza inutile degli spazi d'ingresso che con il tempo avevano scoperto il vero carattere di capannone a due scomparti da adibire a mercato, fiera, «suq». Quello spazio creava sempre sgomento, soste d'insicurezza; attimi che andavano superati con immediata disinvoltura per non incorrere in offerte, imbrogli, pericoli: pensioni, alberghi, ragazze, droga, prostituti, cambio nero. Insieme a poliziotti, cani, delinquenti bambini, vecchi pazzi, trame politiche che coprivano altri paesi, terroristi esotici, malati, ladri, moribondi, ubriachi.

Il treno si fermò. La ragazzina prese la sua valigia

e cercò di distanziarsi dai compagni di scompartimento ma non ci riuscí. Apparve un'espressione di paura. La signora con la sacca rossa era tra i primi, preoccupata, alla ricerca di qualcuno tra le persone sul marciapiede.

Voleva scoprire chi aspettavano le due donne. Non le perse di vista. La ragazzina era davanti a lui, la signora piú lontano. Aveva incontrato un uomo imponente, cupo, che doveva essere il marito. Dal corpo, dalla faccia e dalle mani venivano segnali di nervosismo e autorità. Prese la sacca, piegandosi con malagrazia, e invece di abbracciarla o salutarla, s'incamminò. La signora in azzurro seguiva a testa bassa. L'uomo aveva fretta. Cominciò a parlare girandosi indietro senza guardare verso di lei, molto irritato. La signora corse vicino all'uomo e riprese la sacca rossa che lui le abbandonò con indifferenza. Ora alla signora in azzurro costava fatica stare dietro all'uomo che la lasciava indietro, l'abbandonava per fermarsi e attendere dimostrando un'insultante e sdegnosa pazienza; e appena lei si avvicinava riprendeva a camminare troppo svelto.

La ragazzina girava la testa qua e là verso le persone che passavano in senso inverso. Si fermava, rimaneva immobile, ricominciava a camminare di malavoglia. Una donna di circa quarant'anni, visibilmente sconvolta come se avesse perso un bambino, correva verso di loro controllando le uscite delle singole vetture e i finestrini. La ragazzina si fermò ed aspettò. Lasciò che la donna continuasse la ricerca fino a vederla.

Osservava la scena. Era sicuro che niente passava nella testa della ragazzina esattamente come nella sua, che era uno spettatore. La donna vide la ragazzina e le corse incontro con un sollievo appariscente. L'apprensione, che lui definí intollerabile aggressività, si scaricò sul corpo quasi inesistente in baci, abbracci, carezze. L'attirava vicino occhi negli occhi, le controllava il viso, le palpava le braccia. Prese la valigia e tenendola per una mano ricominciò a camminare sempre parlando in finta allegria.

Vicino alla donna, che portava jeans e capelli abbastanza corti, la strana figurina riprendeva la sua adolescenza di quindici, sedici anni, benché sul treno l'età risultasse incerta. La donna continuava a parlare e ogni tanto la stringeva.

Si chiese da quanto tempo mancava da casa. Forse era stata in una clinica o da parenti o in un campeggio. La ragazzina adesso osservava la donna e i sentimenti che dalla donna traboccavano verso di lei ma non diceva niente. Lui era colpito dall'alterazione della donna, evidente e profonda piú che dall'altra che magari da questa derivava.

Sparirono. Ora doveva sedersi al caffè, simulando una grande pazienza.

Era stordito e immerso in un rumore, una vibrazione, un'onda sonora che lo investiva da tutte le parti. Da principio stimò il fenomeno acustico un'illusione, un effetto di eco come si sarebbe potuto ascoltare in un antro magico, in un film su magie di Alcina o di Circe, su luoghi posseduti da esseri diversi da noi. Quasi ubriaco di suoni, posando gli occhi qua e là, si vide circondato di ombre, corpi, veli colorati, bigiotteria e oro che brillavano e venivano nascosti da un velo alzato, da un viso che scattava in senso inverso. Lineamenti di finezza alessandrina o prognatismi antichi. Pelle nerissima e lucida, dai riflessi viola, o quasi grigia, opaca. I bagliori bianchi dei denti per un sorriso, ma anche d'ebano negli occhi. Occhi ovunque: di arabi, abissini, eritrei. Dal Senegal o dal Ghana o dal Togo o dall'Oriente o dalle Isole del Sale; uomini, donne, bambini e vecchi. Teste bianche e ispide: patriarchi dell'emigrazione clandestina o ufficiale che datavano il fenomeno.

Divenuto lui stesso irreale e minoritario con pochi altri bianchi che parevano sperduti, s'incamminò verso il bar fendendo una calca benché non lo toccassero e nemmeno lo prendessero in considerazione. Tra i gruppi di cinque o di sei che parlavano fitto, tra gente che andava e veniva si sentiva straniero ma ammaliato. Anche l'aria era impregnata di un odore dolciastro di patchouli e di spezie. Risate e un tremolio di riflessi colorati con qualche pennellata d'oro.

Erano loro a coprire l'intero spazio. Le loro parole – lingue diverse ma raccolte in un solo fascio di suoni – echeggiavano con una vibrazione alta, diversa da quella – bassa e violenta, non incantata – che avrebbe prodotto una folla di italiani o di un'altra lingua europea.

Non riusciva a capire di che cosa si trattava: se di un raduno o di una festa. Poi si ricordò che era domenica, che la stazione era la casa degli immigrati. Non era mai passato di qui in un pomeriggio di domenica.

Lo stordivano persino i colori e le fantasie delle stoffe: arancioni, rossi, verdi smeraldo, violetti; sandali d'oro, capelli resi biondi con l'ossigeno su visi bruni, qua e là nei gruppi come pannocchie, per variare il nero della pelle e delle pupille che saettavano instancabili in allusioni espressive, domande, inviti, ripulse, gioia, malinconia. Ciò che accadeva – l'abbraccio a un'amica, un uomo che sta arrivando, il compagno vicino, il gruppo tutto insieme – produceva un coro fatto di diverse personali partiture che vibrava fortissimo.

Arrivò al caffè. Raggiunse l'unico tavolino libero in una foresta invasa dagli uccelli. Non pensò neppure a leggere, appagato dallo stupore e di come Roma riuscisse a inventare sempre qualche cosa di diverso; infernale e spaventosa ma anche maga che capovolgeva la sofferenza, la povertà, il delitto, la malavita, lo sfruttamento, la solitudine, la fame, in un giardino delle Uri.

Intanto le mani si erano fatte molto asciutte. Una specie di inquietudine fisica aveva invaso il corpo. Montava alla testa un calore di febbre e la gola bruciava. La folla cominciò a perdere i contorni. Il vuoto si allargava dentro alla testa come in una scatola piena solo di ronzii. Erano le cinque e un quarto. Calcolò che da Bolzano a Roma in auto ci volevano almeno otto ore. Se tutto andava bene Evelina sarebbe arrivata a casa verso le sette. Non poteva esserci ma sentí il bisogno di telefonarle. Provare e riprovare fino alla partenza del treno.

Si alzò. Scese verso la metropolitana dove avrebbe trovato i telefoni. A destra alcuni arabi avevano allargato le loro giacche sul pavimento, si erano inginocchiati rivolti alla Mecca con il viso a terra e alzavano a tratti le mani al cielo. I telefoni erano occupati. Provò a tenersi vicino a uno o all'altro, attraversato da brani di lingue diverse e dialetti italiani che adesso non producevano piú un suono unico, in qualche modo armonico, musicale ma un intreccio diabolico. Il siciliano, il napoletano, l'arabo, l'abissino, lo spagnolo, il romanesco, l'inglese, l'americano.

Capiva quale condanna poteva essere la confusione eterna delle lingue, un incrociarsi di messaggi indecifrabili.

Si appoggiò al muro. Perché telefonava a Evelina? Ma un telefono rimase libero e lui provò. Segnale di libero. Rimase a lungo in ascolto con una forma di sollievo fonico davanti al messaggio chiaro, consueto, a questo «no» al quale siamo abituati. Continuò a camminare verso la Metropolitana decidendo che sarebbe andato a casa. Nella scatola i pensieri giravano come pochi scarafaggi in gabbia, salendo per le pareti e cercando un'uscita, cadendo e ricominciando. Aveva bisogno di riposarsi. Forse rivedere Evelina. La sua mente era invasa dalle similitudini che si riferivano quasi sempre a lui stesso. Dunque: come un albero senza radici; come un recipiente vuoto che poteva ospitare allarmanti presenze.

Il malessere, adesso fortissimo perché probabilmente era ammalato, se lo portava dietro da anni e non lo aveva mai preso in considerazione. Albero senza radici e scarafaggi che arrancavano per uscire, scarafaggi che ricadevano. La scatola chiusa verso l'esterno. Dalla scatola gli scarafaggi avrebbero potuto solo scivolare in un'altra scatola piú ampia. Come l'illusione del mondo; di esserci dentro; ma il mondo era impenetrabile e non rimandava a niente. Non c'era piú una comunità che si rifletteva in se stessa. Nella scatola piú piccola che stava nella sua testa potevano esserci solo pensieri, chiusi, ben nutriti, ma gli esseri umani facevano parte di un sistema irraggiungibile. Quindi non c'erano piú neanche gli esseri umani. E la felicità? Un'altra cosa era vera: che niente procedeva verso la felicità. Come in un sistema concentrazionario, definito per sempre da leggi ignote.

Si trovò sotto gli androni sporchi e mai finiti della biglietteria della metropolitana, il punto piú spaventoso del reticolo di gallerie che dalla stazione portava alle linee A e B. In questo punto la testa rimbombava dei tonfi ritmati dei portelli della linea B, dei richiami, dei fischi: il solito rituale urbano che annunciava le bande della domenica. Si era lontani dalla popolazione anomala dell'angar superiore, in mezzo a una folla di donne in miniatura, di ragazzetti bassi, già arruolati in qualche esercito dei rituali di moda per passare, è probabile, ancora frastornati e instupiditi dai messaggi che venivano da qualsiasi punto dello spazio fino a loro, a quelli della droga, del furto o della prostituzione. In questi sotterranei avrebbero potuto osservare, stipate vicino, tutte le deviazioni dei diseredati della città e le conseguenze, ma non le avrebbero guardate. I ragazzetti e le donne in miniatura non lo sapevano: qualsiasi giorno era buono per cadere nelle trappole che già sfioravano.

Odiava i ragazzetti della tribú. La sua pelle era in allarme e si ribellava alla sciatta fisicità dei gruppi. Loro non lo vedevano e non raccoglievano il suo disprezzo. Strisciavano vicino, lo spintonavano, facevano scoppiare i loro urli nelle sue orecchie.

Era finita cosí? A provare disprezzo per i ragazzi come aveva fatto suo padre?

Matilde sarebbe venuta a prenderlo a Paola e se lui fosse restato a Roma avrebbe dovuto telefonarle. Si avvicinò a un telefono e rimandò. Non aveva voluto avere rapporti con niente e con nessuno, che riguardassero i sentimenti e ce l'aveva fatta. Il padre, una delle volte che era andato a prenderlo in questura venti anni fa, con una forza da lottatore l'aveva preso per le spalle, l'aveva scosso e avvicinato fin quasi a schiacciarlo contro di sé. Vide la giacca e la cravatta sbilenca e soprattutto l'espressione di rabbia omicida, dopo tanta calma a cui era stato abituato. Gli occhi allargati dietro agli occhiali, le guance che tremavano, il colorito quasi cianotico: era a un palmo da quegli occhi e poteva contare le venuzze rosse delle sclere. Il padre urlava: «Che cosa volete? Quale mondo?» e diceva di continuo queste due frasi senza lasciarlo ma ripetendo anche: «Lo voglio sapere». Una pausa, un silenzio, un'aspettativa da duellanti stremati. Prima di liberarsi con uno strattone aveva urlato: «Io so solo quello che non voglio, papà. Quello che non voglio per sempre».

Si fermò. La memoria era corsa verso la casa disabitata e buia, alla città che lo aspettava, al traffico che certo aveva ripreso la sua tragica invadenza, al rumore che già qui era diventato un assillo ma fuori sarebbe aumentato sempre di piú per un anno intero. Spazzatura abbandonata ai gatti randagi che si moltiplicavano e ai topi del Tevere grandi come gatti, sempre piú numerosi e voraci nei quartieri del ghetto. Si sapeva che popolavano le fogne di Roma e lí si moltiplicavano perché nessun veleno era in grado di ucciderli e nessuno aveva mai tentato sul serio di arginare la loro crescita infame. Sarebbe ritornata la peste. O malattie non ancora scoperte. I topi avrebbero morsicato i bambini nelle culle. Niente li avrebbe fermati e avrebbero seppellito Roma. Strade e strade di auto in tre e quattro file e ingorghi con clacson schiacciati. La fatica di attraversare il caos ogni giorno e ripagarsi alla sera con la televisione.

Non capiva piú perché si era mosso dal bar. Passavano nella fantasia bestie da alcolizzato che gli correvano incontro, se lui si muoveva verso la città. Evelina non lo avrebbe voluto. O invece aspettava una telefonata. Se telefonava avrebbe significato che c'era qualcosa tra loro da cui non si poteva prescindere. Il legame sarebbe stato chiamato amore. Davanti a Evelina si alzarono topi minacciosi che facevano stridere i denti. Non sapeva quello che voleva e che non voleva.

Riprese il laccio della valigia e si girò verso la stazione. Non cosí presto e da solo poteva affrontare la città per un anno intero fino alle prossime vacanze. È probabile che volesse Matilde. Qual'era la ragione? Gli sfuggivano continuamente i rapporti reali esistenti tra lui e le cose o le persone. Di Matilde conosceva la loro appartenenza reciproca. Le giornate di lei erano una lavagna senza immagini. In casa, qualche libro o le amiche, un incontro con un uomo: si era accontentata di una vita che mancava di progetto e autonomia, riferimenti che non fossero lui stesso, accettando che il rapporto ci fosse solo quando facevano all'amore. Ma in quei momenti era lui a richiedere di mascherarsi, non esserci e continuare l'assenza inventando il racconto di altri atti d'amore, incarnando personaggi che non fossero lei. Accettava però. È probabile che per Matilde il taglio della speranza si fosse manifestato cosí.

Si sedette e arrivò il cameriere. Avrebbe voluto chiedere un aperitivo ma non aveva piú la voce. Riuscí a farsi intendere con uno sforzo. Era spaventato. Ripensò al caldo del treno, al sonno tormentoso. Stava male, la voce era sparita e andava incontro a una brutta notte. La sensazione di febbre era febbre. Inghiottí a fatica l'aperitivo a brevi sorsi.

Binario tredici, rapido «Il Sannio».

Non era superstizioso ma la stanchezza e la febbre giocavano brutti scherzi. Gli scarafaggi salivano e scendevano nella scatola vuota disegnando carrozze bruciate da attentati e rottami, corpi anneriti e incastrati. Fu sollevato quando si accorse che si trattava del binario 14. Poteva mangiare in treno, i tavoli erano già apparecchiati ma gli vennero in mente gli escrementi di topi trovati nelle cucine delle Ferrovie, i recipienti sudici e i cibi inquinati scoperti dai controlli e dalle analisi. Aumentò la nausea. Pensava a quante volte aveva inghiottito i luridi intingoli e anche oggi stesso. Di nuovo lo offendeva come un sopruso personale, e lo umiliava, il disprezzo, soprattutto il disprezzo verso i cittadini diventati una sottorazza senza contropartita e risarcimenti. Gli faceva paura quel chinare il capo ed essere distratti anche in condizioni di assoluta libertà.

I due vagoni di prima classe erano semivuoti, quelli di seconda stipati. Decise che non avrebbe mangiato in treno.

Escrementi di topi, topi, fogne aperte, mucchi di spazzatura. Chiuse gli occhi e cercò di distrarsi.

Questa volta il posto assegnato era un singolo a sinistra nel corridoio in senso inverso al movimento. Piú in là due uomini giocavano a scacchi: l'anziano era bolso, di nuca grassa, pelato; il giovane di viso glabro, labbra molli.

Non aveva tempo per analizzare gli altri, poteva solo concentrarsi sul suo malessere. Per fortuna il posto di fronte a lui rimase vuoto e il treno partí. Solo quando, ormai fuori dalla stazione, sorpassavano l'acquedotto, al quale erano addossate baracche altrettanto storiche, si accorse che dall'altra parte, vicino al finestrino e nel verso del treno, c'era un bambino magro che fissava un punto all'esterno con una rigidità che lui prese per imbarazzo e disagio. Aveva accanto un pacco di giornalini e un panino nel cellophane, un'aranciata con la cannuccia. Nove anni o forse otto.

Chiuse gli occhi. Doveva solo impedire al malessere connesso a quel moto che non si fermava di aumentare fino a diventare chiaro alla coscienza e indiscutibile. Poi si vide trascinato via a forza da delinquenti ignoti e incappucciati che lo tenevano per le ascelle, lo costringevano a correre, lo trainavano con corde, animali al galoppo, lo riprendevano come un sacco e sempre senza fermarsi, su strade in pianura e su monti; correvano per salite e discese, non cambiavano il ritmo ossessivo dei passi e intanto in due sipari paralleli scorreva ai lati il panorama dell'Italia. «Basta!» credette di gridare.

Si scosse e sbarrò gli occhi. Era bastato poco e un incubo, ladro e assassino, lo aveva afferrato e lo aveva piegato all'angoscia. Si guardò intorno spaventato e incontrò gli occhi ancora piú spaventati del bambino che subito si girò di scatto verso il panorama. Non aveva voce: chissà quale rantolo era uscito dalla sua gola.

Era sempre rasserenante avviarsi verso il mare. I corpi avevano un radar che lo segnalava molto prima e li caricava di una aspettativa infantile. Il mare rappresentava l'apparizione di un gioioso infinito praticabile, un beato oblio raggiungibile per tutti, che entrava anche dagli occhi, anche da lontano, agiva con un fascino che s'irradiava comunque e in qualsiasi condizione. Egli non andava soltanto verso qualche cosa ma si allontanava da. La clessidra si invertiva continuamente. Evelina si era fatta minuscola. Cominciava a contare le ore che lo separavano da Paola e da Matilde. Fuori si preparava un tramonto d'autore, una natura da innamorarsi e da piangere.

Il treno passava attraverso la campagna di una terra rosata, all'orizzonte a volte appariva un albero solitario o certe curve dei prati venivano segnate dai filari alti degli abeti. L'ondulazione era marcata nelle basse colline sulla destra con saltuarie fabbriche, piccole industrie, appezzamenti coltivati a vite e nel fondo fitte di paesini. Via via che si procedeva verso sud era piú evidente la varietà e la casualità delle colture su una terra ricca. Se ne potevano contare tante, creare una mappa degli appezzamenti: granturco, olivi, uva, alberi da frutto, orti, pomodori. L'insieme diventava piú vivo di rossi e verdi, lussureggiante; piú meridionale. Il lavoro dell'uomo proponeva l'illusione di un rapporto antico con la natura e umile.

Dopo Cisterna di Latina le montagne nello sfondo si velavano da sipario teatrale mentre dalla parte del bambino la pianura faceva già presagire distese d'acqua con un paesaggio lavorato, arato, piatto. Prati e pecore, chiazze d'acqua, rigoglio di brevi boschetti intravisti nelle pause tra le gallerie nelle quali si entrava con uno scuotimento e già si era usciti e si era entrati in un'altra. Notava anche le brutte case cresciute in agglomerati senza senso o le opere abbandonate, i pilastri di un grande ponte lasciato a metà.

Verso Formia apparí il mare ma sparí subito. Aveva afferrato un paesaggio da presepe, una vegetazione troppo cresciuta per le acque abbondanti di questo strano agosto. E dopo Literno stavano per arrivare, e si preparò ad osservarle, le cave abbandonate con l'effetto di quadro settecentesco napoletano che tanto gli piaceva; baratri casalinghi, armonici nel contorno; tagli fatti dall'uomo nella natura che non dolevano, riassorbiti nel senso generale dell'ambiente, della vegetazione rigogliosa e spontanea arrampicata sopra le stesse cave.

Afferrò un brano di conversazione che proveniva dal fondo della carrozza: parlavano di Ortisei e di una certa piazza. Gli sembrò un ritorno stonato, un alone artefatto di parole per procurare al protagonista il flashback non necessario all'azione. Ortisei, Gardena: le voci avevano un accento napoletano, ricordi della villeggiatura che si allontanava.

Il treno si fermò. Il cielo era diventato indaco verso il mare. Scomparso il sole, il mare aveva preso il colore pallido che metteva in scena all'alba o dopo il tramonto, quasi un incarnato da dama liberty, quasi un pallore violaceo da svenimento, da cancellazione. Era proprio l'ora piú bella per tuffarsi, lo sapeva e lo sapevano i bambini che desideravano fare il bagno proprio a quell'ora proibita; godere dell'acqua tiepida, dell'abbraccio esangue e caldo.

Ma lasciarsi scivolare in queste acque sarebbe stata una pessima idea. Tutto ciò che si vedeva, che attirava gli occhi e il cuore, era imputridito e velenoso. Non i maghi ma gli uomini erano riusciti nel diabolico intento di rendere malefica la natura, di capovolgere il messaggio d'incantamento che stava in lei e renderla sinonimo di morte.

Il treno si mise in moto e il bambino guardò lui

proprio mentre lo stava osservando. Prese il panino e glielo fece vedere:

– Pane e formaggio. Poi ho anche pane e nutella. Ne vuoi?

Scosse la testa, cercò di ringraziarlo ma il «grazie» diventò un rumore soffocato.

Il bambino, che stava masticando il primo boccone, lo fissò. Lui accennò alla gola. – Sei muto? – chiese il bambino.

Cercò di dire «malato».

Il bambino osservò le labbra e disse: – Anch'io non posso parlare –. Pausa. – Parlo per caso. Di solito non parlo perché sono muto.

– Davvero? – Il ragazzino annuí con calore e riprese a masticare. – Quanti anni hai?

– Quattordici –. A suo parere, ne aveva meno di otto. Sei o sette e una buona statura. Un bel bambino vivace, con occhi tondi e azzurri. Sarebbe stato adatto per un film sui genietti da computer. Giocava a dire le bugie. Ricominciò: – Non parlo mai. Non c'è nessuno e quindi sono muto.

– Dove vai?

Il bambino non lo aveva capito. Per riuscire a farsi intendere lui si spostò dall'altra parte del corridoio e cercò di ripetere la domanda.

– Vado da mia nonna a Paola. Viene a prendermi lo zio. I miei genitori lavorano in continuazione giorno e notte.

– Non ci credo, – riuscí a sillabare e si mise a ridere.

– È la verità. Però di notte dormono. C'è silenzio lo stesso e loro non parlano.

C'era in lui qualche cosa di stonato, però anche qualche cosa di vivo che scacciava sentimenti negati-

vi. Si vedeva che il suo pensiero lavorava alla ricerca di invenzioni che gli tenessero compagnia.

– Come ti chiami? – chiese.

– Silvestro.

– Silvestro? – Non ci credeva che si chiamasse come il gatto. – Sei sicuro?

– Sicurissimo –. Anzi si rabbuiò come se avesse interferito con brutalità in qualche cosa che era piú di un gioco.

All'improvviso gli chiese: – Hai dei giornalini tu? – Fece cenno di no. – Sí, che li hai, li hai. Guarda nella borsa –. Meccanicamente si alzò, prese la borsa e la portò vicino per fargliela vedere aperta. – Ecco qui, – esclamò il bambino. – Due giornalini formato gigante, – e tirò fuori i giornali. – Li scambi con quattro dei miei piú piccoli? – Lui fece cenno di no. – No? – si meravigliò il bambino. – Allora scambia i tuoi sillabari con i giornalini, lo faceva anche Pinocchio –. Non volle deluderlo. Prese i due libri e glieli diede. – Bene, – disse. – Tieni i quattro giornalini. Tornerò piú tardi a vedere se hai altre cose da scambiare –. Si assestò sul sedile e si addormentò subito stringendo i libri.

Tornò al suo posto e prese a leggere i giornalini. Cominciò da Charlie Brown poi passò a Topolino e Mafalda. Un buon umore che non provava da tempo lo rendeva affettuoso verso le cose intorno. Gli parve che fosse merito dei disegni, dei caratteri e delle storie.

Il bambino di botto aprí gli occhi e lui capí di conseguenza che il sonno faceva parte del gioco. Si alzò e gli venne vicino.

– Lei ha finito di leggere? Perché la biblioteca

chiude e io devo mettere a posto tutto. Che cosa aveva preso in prestito?

Lentamente riuscí a rispondere. – Quattro giornalini, e lei?

– Io? – si meravigliò il bambino. – Io sono il professore, non ho preso niente in prestito.

Lui additò i libri. – Di chi sono? – sussurrò.

– Miei, sono miei. Mi servono per insegnare a questi stupidi, deficienti, cretini, – e si girò facendo un gesto largo e sdegnoso verso la vettura. Si rimise seduto e osservò i titoli dei libri. Rifletteva e alla fine gli disse: – Lei è stato bravo. Ha tenuto bene i giornalini e questi glieli regalo.

– Grazie mille, – disse lui.

– Prego, – disse il bambino. Gli passò i libri, addentò l'ultima parte del panino. Quando finí di masticare si sporse in avanti occhieggiando intorno come se fossero spiati e mormorò in confidenza: – Se hai un panino tienlo perché fra poco verranno tempi brutti. Entreremo nella zona del pianeta sconosciuto. Adesso divento muto come te.

Era un commiato. Aveva una singolare vita interiore oppure si era abituato a vivere senza amici, a non essere ascoltato e inventare qualsiasi diversivo per non riconoscere la paura e l'abbandono. Guardava fuori dal finestrino con un impegno che lo isolava dall'ambiente. Il pianeta sconosciuto doveva essere la notte che fra poco sarebbe arrivata.

Il controllore chiese i biglietti e non si meravigliò del bambino.

– Viaggia solo, – lo avvertí. – Lo sapeva?

Il bambino si girò e si mise ad ascoltare.

– Certo che lo so, – disse il controllore. – Me lo hanno affidato. Ti metteremo nelle braccia dello zio se sei buono, e invece se sei cattivo resti con me, va bene?

Il bambino non sorrise e non cambiò espressione. Porse il suo biglietto. A lui sembrò che continuasse un gioco e anche il controllore era diventato un personaggio, probabilmente un nemico o una spia con il quale bisognava andarci cauti.

– Ciao Gian Luca, a dopo –. Il controllore procedette avanti. Non aveva fatto osservazioni sul tagliando da vidimare. La regola inderogabile a Trento era già decaduta.

– Gian Luca, eh? – lo minacciò. – Non ti chiamavi Silvestro? – Il bambino rimase impassibile. Sussurrò molto drammatico: – Non mi mettere nei guai. Ricordati la missione.

Lo avrebbe ricordato. Erano a Pozzuoli. Lo sperone di terra che si allungava sul mare e faceva una conca portava l'illusione della bellezza ma lui sapeva qual era il degrado che dovevano superare per arrivare a Napoli e dopo a Salerno.

Ripartirono quasi subito. Prima di Campi Flegrei sfilarono le case con la biancheria appesa, lenzuoli, camicie; altre scolorite cadenti ma con tende uguali tutte blu; si vedevano nei crocicchi, passando da Campi Flegrei, le case a triangolo che erano state un'invenzione dell'urbanistica ottocentesca ripetuta ancora nel Novecento, create per dare alle piazze e alle strade che s'irradiavano l'illusione di una legge armonica.

Dopo la galleria veniva l'alto dirupo incantato, pini secolari e in alto ancora case, costoni di pietra e terra. Chiuse gli occhi perché l'immersione nella povertà e nel degrado del porto e insieme il luccichio inutile dell'acqua, delle barche colorate, dei motoscafi, lo immalinconiva.

Il buio stava piano piano avanzando. Per ora solo un'aria piú livida ma presto sarebbe scesa la notte. La febbre gli dava una pesante spossatezza. Si sentiva pestato, rotto nelle giunture.

A Napoli salirono in molti. Tenne gli occhi chiusi e sperò che né lui né il bambino subissero presenze fastidiose. Voleva fargli un cenno di solidarietà ma le braccia non si mossero. Rimase all'erta e chiuso nella stanchezza dell'influenza. Vicino controllavano i posti con l'aria sospetta che certi viaggiatori prendono appena salgono sul treno, sicuri che negli altri si celi un imbroglio e pronti a far valere le loro ragioni. Ma il posto di fronte a lui restò libero.

Il bambino adesso era prigioniero in mezzo a tre uomini corpulenti, che non lo guardavano e allargavano le gambe, rubandogli lo spazio. Teneva fronte alla situazione da piccolo eroe, e controllava i lineamenti di ognuno.

Notò che gli uomini avevano aperto i giornali, le riviste. Si accingevano a fare le parole incrociate e agivano come se la presenza del piccolo fosse normale e insieme come se egli fosse trasparente, un non essere. Suppose che il bambino stesse giocando proprio all'uomo invisibile o all'inviato da Marte o, viceversa, a essere l'inviato della terra su Marte tra esseri alieni che parlavano una non-lingua o una lingua sconosciuta e che potevano trasformarsi in nemici pericolosi; potenzialmente lo erano.

Si chiese se lui stesso tra gli altri uomini era diventato qualche cosa di simile: un inviato da Marte o della terra su Marte; pura macchina che registra e annota, rinvia dati a una memoria dalla quale estrarre poi schede e schede delle quali farà solo assemblaggi. Il livello superiore, una scelta per esprimere giudizi, non gli apparteneva piú. Non era piú in grado di ricomporre una mappa della realtà sociale e di se stesso.

La folla, le folle: udí il suono vibrante e alto nella folla esotica e colorata alla stazione, sentí gli odori dolciastri e annebbianti; si ricordò dei ragazzetti che lanciavano urli e richiami gutturali e infine ecco le folle strette e promiscue di venti anni prima; il raduno in piazza di Siena; o nella corsa senza punti di fuga, in vortici che si lasciavano e si prendevano, trascinandosi, ritornando avanti e indietro a ondate il giorno della carica della polizia davanti alla facoltà di architettura, ma specialmente i laboratori dei corpi solidali che erano diventate le aule, le assemblee, le notti. Gli girava la testa, questi pensieri e queste immagini lo emozionavano senza rendergli niente. Aveva bisogno di dormire in un letto, di essere curato, di entrare in convalescenza; dimettere l'ira; essere o diventare impermeabile all'angoscia.

Per fortuna a Paola l'aspettavano le passeggiate mattutine sul lungomare, i massi strappati dalla mareggiata invernale e la piazzetta interna, che apprezzava ogni anno di piú durante il soggiorno con il quale si chiudeva la sua estate.

Gli piacevano le montagne dietro alla città, subito boscose e brulle, da grande catena montagnosa. Altre cose gli piacevano: le botteghe paesane, le case vecchie dai balconi di ferro lavorato, le finestre strette e lunghe, tipiche dei piccoli centri meridionali. E l'euforia particolare nel carattere dei paolani, un attivismo vibratile che spesso non aveva esiti ma si appagava in se stesso, nell'esplosione teatrale dell'entusiasmo, dell'invenzione istantanea, nella dedizione delle donne a una cucina che richiedeva giorni di generosa alacrità; e nell'allegria famigliare, il raccontarsi di continuo la propria appartenenza a specchio, uno all'altro e al gruppo, stretti al proprio orgoglio che spesso finiva in sé, appagato di niente.

Non conosceva la mappa della delinquenza in quella parte della Calabria e quanto Paola ne fosse dentro, lontana da Palmi o vicina. Era probabile che anche qui lui l'avesse incontrata senza riconoscerla. Impossibile tentare di capirci qualche cosa da stranieri. Ciò che veniva in primo piano era la famiglia piccolo borghese, i bottegai gli artigiani e gli operai che guadagnavano pochi soldi. Si era fatto una sola idea: che esistessero eroi sconosciuti della vita quotidiana, pronti o costretti a battaglie minuscole e totali. A differenza di quanto si pensava da lontano, stando ai fatti di sangue o ai rapimenti o all'omertà, nascosto all'opinione pubblica persisteva un coraggio di antico stampo, quello che una volta si congedava nella morte con il commento pubblico: «porgeva il petto al nemico...»

Gli piaceva tornare nella piazzetta dalla porta della città: la fontana a fungo, la chiesa dal portale cinquecentesco, i balconcini fioriti. Un quadro dell'Ottocento avrebbe messo in evidenza mendicanti che porgevano la mano, fraticelli logori, ricchi in carrozza, popolani e donne a piedi nudi inerpicati verso le loro case con l'anfora sulle spalle o sulla testa.

Niente di tutto questo oggi, ma rimaneva un'impronta di vecchio paese e nella gente quella stonata euforia. Gli pareva che in certe parti della Calabria si conservasse nelle famiglie, e specie nelle donne, una traccia della lieve allegrezza che veniva da Dionisio, era anzi il suo primo dono senza il quale nessun rito poteva avere inizio; un'endemica possibilità di eventi d'arte, fatti poetici, teatrali, corali, generosità del cuore.

Un tale carattere era la risposta piú radicata e civile, di volatile gentilezza, alla brutalità della corruzione e della malavita o dell'arcaico fanatismo.

Intanto che i suoi pensieri entravano e uscivano dalla scatola vuota, la natura aveva messo in scena un repertorio quasi monotono di bellezze ammantate di grigio lilla che preludeva alla notte. L'acqua ormai di piombo tratteneva sbafature colorate e prima aveva offerto il pezzo forte dell'unica barchetta a motore che segnava una scia lattiginosa e filava di corsa verso un porto; la lunga fila delle rocce e a un certo punto (neppure lui si ricordava se era molto dopo Torre del Greco) fiori viola, palme, alberi fitti: una vegetazione da Oriente. Era stato sorpassato, e l'aveva seguito con lo sguardo, il porto con le barchette all'ancora e il minuscolo molo che sporgeva nell'acqua; e infine gli vennero in mente i treni affondati nell'erba di Torre Annunziata centrale. Ormai si viaggiava verso Salerno. Tra poco sarebbe stato buio fondo.

Si alzò per andare alla toilette e capí di essere ammalato sul serio. Le gambe non lo reggevano. Controllò come stava il bambino. Si era addormentato stringendo pane e nutella ancora nel cellophane. Gli altri non lo guardavano, intenti a leggere o a fare le parole incrociate. Uno di loro, stava sfogliando una rivista porno nascosta dentro a un giornale.

Verso il fondo della vettura sei posti erano occupati da un gruppo di ragazzi americani. Quattro ragazzi e due ragazze in pantaloncini, magliette colorate a striscie e fiori, giacche a vento. Tre si erano tolti le scarpe da tennis. Uno aveva ritirato i piedi nudi sul sedile e scriveva su un grosso taccuino. Un altro dormiva. Le ragazze giocavano a carte e parlavano in modo esclamativo, a voce alta. Spuntavano dai sacchi le guide d'Italia, di Roma e di Napoli. Andavano verso il Sud e probabilmente in Sicilia. Gli sembrarono, come sempre, grossi, colorati, chiari, seri e nello stesso tempo inadeguati, a loro rischio, nei confronti della realtà nella quale procedevano prendendo appunti. Pensò che l'Italia di oggi non li meritava; non meritava che dentro ai suoi confini viaggiassero o nascessero giovani fiduciosi e sinceri.

Si disse, per spostare il pensiero verso un'astrazione meno umiliante, che è proprio delle civiltà finite, uscite dalla Storia, chiuse nei propri devastanti meccanismi, divenire sempre piú complesse e incomprensibili, mentre è delle società vitali proporre chiare verità contrapposte, anche se crudeli, che comportano scelte limpide. Interruppe ancora il ragionamento per non ritornare su se stesso, sulla sua impotenza programmatica a non esercitare piú o a non riuscire a esercitare la facoltà di giudizio. Dunque per lui era finita cosí: essere una rotella in un ingranaggio tanto complicato che da nessuna parte era possibile vedere una prospettiva.

Ritrovò il suo posto con sollievo. Si accomodò meglio. Salerno: avrebbero dovuto essere le nove e trentasette e invece erano le dieci in punto. Mancavano due ore circa a Paola. Aveva uno smanioso desiderio di arrivare. Nessuno entrò nella loro vettura e nessuno uscí.

Ripartirono e cominciò la notte. Le luci del treno si abbassarono. Voleva dormire ma la febbre lo teneva tra il sonno e la veglia, stato quasi piacevole e quasi torturante. Si ritrovò a ripassare nella fantasia un film abbandonato: quando certi zii di Matilde l'avevano costretto a visitare il convento di Francesco di Paola. Ripercorreva il primo tratto di strada, sentiva addosso l'imbarazzo che aveva provato all'idea della visita e quindi l'essere sottoposto a un rituale che lo costringeva a un fastidioso inganno. Matilde non aveva scrupoli del genere. Si guardava intorno e sembrava che osservasse le pareti di casa.

Salivano verso una natura austera e si procedeva a superare un netto dislivello. Persino il clima con il fresco che entrava dal finestrino che si trasformava in lame di freddo, era inatteso. L'imponente monastero non dava spazio a pensieri di svagata ammirazione.

Erano scesi nel largo piazzale senza auto perché al tramonto il monastero aveva già ripreso la vita per la quale era nato, preclusa all'esterno.

Camminavano verso il portale. Un frate si distaccò dall'edificio a passo svelto e mentre l'osservava avvicinarsi fu investito da un'onda di quiete.

Aveva fatto la visita drogato da un ritmo che esisteva solo all'interno della vita monastica, che non aveva niente a che vedere con i suoi ritmi o comunque con i ritmi del mondo, eppure sembrava perpetrare un ricordo, offrire un'impronta fossile di una modalità dello spirito e del senso comunitario o dei rapporti umani che poteva esserci stata una volta non solo per dei religiosi ma per chiunque la desiderasse.

Aveva osservato tutto sotto l'impressione della meraviglia. E subito erano emersi i desideri di fuga; si insinuavano nel luogo piú lontano da sé, che meno avrebbe potuto ispirarli; insieme a un'acuta curiosità di capire ciò che significava un monastero. Prima ancora: quale esperienza poteva diventare la «prova» di un eremita; quale «senso» e «chiarezza» potevano venire dalle privazioni del corpo e della mente. Dal silenzio. Aveva vagato con il desiderio verso la grotta e il deserto, le strade della conoscenza che prevedono l'assoluta solitudine, il misurarsi con la disperazione, il delirio e il linguaggio della natura.

Avevano visitato la grotta, il ponte detto del diavolo, la fornace del miracolo. Aveva visto i grandi massi che si erano staccati dalla montagna, la chiesa e dentro alla chiesa, scendendo, la primitiva cappella e vicino l'altra grotta o cella di meditazione. La biblioteca dove c'era il prezioso codice, le bacheche dove si conservavano antichi documenti e allineati negli alti scaffali chiusi da grate, testi sacri e profani indietro fino al Cinquecento.

Un giovane bibliotecario gli aveva parlato di una prima edizione delle opere di Tommaso Campanella, di testi di Platone e di Torquato Tasso.

Qui nella biblioteca e nella «clausura» si entrava in una stratificazione di «qualità» della quiete, che doveva contenere i sommovimenti umani piú profondi e unificarli nella coscienza per ridurla, appunto, alla pace. Non era ancora l'esperienza della grotta.

Entrarono nel lungo corridoio buio, la parte piú antica del monastero, che aveva il soffitto di legno dipinto e da un lato, ogni tanto, brillava un lume davanti a un'immagine sacra, e dall'altro si allineavano le celle. Aveva percorso il corridoio con allarme perché qualsiasi scricchiolio avesse interrotto il silenzio o monaco fosse spuntato, sarebbero spuntati anche i gesti rallentati, quasi artefatti, di una vita separata che esigeva rispetto.

Il frate procedeva in fretta e silenzioso; oppure illustrava con una certa foga gli antichi affreschi, la struttura della costruzione, i testi preziosi conservati in biblioteca. Lasciava che il luogo parlasse da sé.

Poiché era vero: si trattava di un luogo pieno di segni e di attrattiva. D'altra parte è risaputo che i mistici e gli eremiti hanno una speciale sensibilità per scegliere luoghi di solitudine «che parlano», «che rispondono» alle domande estreme poste in condizioni di totale separatezza.

Salirono su una terrazza. Il frate raccontava che era solito ritirarsi per qualche minuto quassú se troppa gente invadeva la chiesa e il monastero e subito, girando lo sguardo intorno, ritrovava la tranquillità perduta.

Ormai la sera era scesa. Non era un tramonto di meraviglie, era solo il passaggio dalla luce vespertina alla notte. Sulla terrazza un vecchio frate lasciò subito il posto e sparí giú per la scala. Si godeva il verde cupo dei monti e specialmente il cielo dove facevano ghirigori neri uccelli.

Perché aveva estratto dalla memoria proprio le schede del monastero? Per l'immagine della grotta, scavata nel monte e quasi a picco sul baratro, vicina al rumore dell'acqua.

Pensò alla solitudine dei mistici senza Dio. All'ultimo mito della solidarietà umana.

Per vedere il mare avrebbe dovuto alzarsi e sporgersi dalla parte del bambino. Dal suo posto intravedeva luci ma non l'acqua. Però il mare, per quanto si ricordava, in questo tratto entra in scena dopo la galleria di Sapri, anzi, passate Acquafredda e Maratea.

La grotta: era anche la calda consolazione del corpo, prima di morire. Silvia Plath al suo primo tentativo di suicidio fece cosí: scese in uno scantinato, un luogo che certo da molto tempo stava nella sua mente come progetto. S'incastrò quasi a forza in un anfratto del muro, stretta come in un loculo, circondata dalla pietra, dall'esclusione, dal silenzio, finalmente «chiusa» a tutto e a tutti; che per lei significava chiusa alla crudeltà dell'esistenza. Inghiottí molte pillole fino a sprofondare nel sonno.

Aveva visto frati vecchissimi che lo avevano fissato senza cambiare sguardo, ritirandosi nell'ombra ed evitando la vicinanza. Uno passeggiava appoggiato a un bastone; un altro era seduto al buio dentro la cella di un monaco morto; con un rosario intrecciato tra le dita un altro si teneva vicino a un'immagine sacra. Ma all'arrivo degli estranei scivolavano via.

Per le ombre gialle dei lumi nel nero dei corridoi e delle stanze i rari frati gli erano sembrati antichi piú che vecchi. Non producevano rumore di passi ma uno strascichio leggero. La loro vecchiaia era arrivata sul crinale incerto tra vita e morte. Occhi accuminati che trafiggevano senza vedere o biancastri, quasi vitrei.

Quando aveva letto il racconto di Leonardo Sciascia sul caso di Ettore Majorana, aveva segnato le parole «qualcuno qui in questo convento si è forse salvato dal tradire la vita tradendo la cospirazione contro la vita». Che il fisico scomparso fosse morto suicida o segregato in qualche «clausura» e in teoria ancora vivo, benché suggestiva come tesi non era per lui essenziale. Era essenziale invece il fascino della separatezza, dell'esclusione quando il futuro è immaginato come una tragedia collettiva o caos insensato o mostruosa conflagrazione. Majorana si suicidò o sparí nel 1938. Adesso si trattava d'altro, «le cospirazioni contro la vita» si erano moltiplicate. «La fuga» o «il desiderio di fuga» è il virus segreto dell'individuo nelle società che negano rapporti reali con la vita e le cose.

Pensò alla guerra per bande che aveva raggiunto ogni punto d'Italia. Al disprezzo per il lavoro e per la verità. Vedeva un grande disegno di meravigliosa fattura tarlato in modo inesorabile, che si sfarina da solo all'aria senza che si possa intervenire.

Il treno procedeva troppo lento, cigolando, con sussulti. Nessuno ci faceva caso. Poi si fermò del tutto.

Si alzò per vedere che cosa era successo. Il bambino guardava fuori. Dovevano essere a pochi metri dall'imboccatura della galleria che comincia dopo Praia a mare. Vide una bellissima luna su un cielo di ardesia. L'acqua era nera ma illuminata al centro dal chiarore per cui il grosso scoglio dell'isola di Dino emergeva come un monolite, punteggiato dalle cinque o sei casette e dalle relative luci. Per una allucinazione uditiva gli parve di sentire lo sciacquio dell'acqua sulla spiaggia di ciottoli bianchi.

Le luci si spensero. I raggi della luna illuminavano i volti di chi stava ai finestrini. Gli altri erano testimoni segreti, massicci, inesorabili perché senza faccia e identità. In quanto a lui aspettava che lo sgomento aumentasse fino a farlo impazzire.

Il bambino guardava fuori. Era sicuro che si sforzava di non girare gli occhi per non fargli capire l'enormità della sua paura. Stringeva pane e nutella e con l'altra mano teneva il cartone dell'aranciata.

Entrò il controllore facendosi luce con una torcia elettrica. Spiegò che non avevano imboccato la galleria perché i segnali davano rosso. Con ogni probabilità era cominciato uno sciopero dei Cobas che riguardava... Qui si era spostato e a lui sfuggí chi riguardava lo sciopero: forse i deviatori o i capistazione. Lo seguí per pochi passi e gli chiese quanto poteva durare. Allargò le braccia e uscí dall'altra porta continuando il giro.

Cessò anche il rumore dell'aria condizionata. Tornò verso il suo posto e si sedette. Il posto era al buio ed ora lui fissava il grande triangolo che dal buio si formava intorno all'occhio implacabile, il suo nemico.

Ognuno era rimasto immobile, con il volto verso la luce esterna della luna, appoggiando le mani in grembo e senza espressioni d'impazienza o commenti. Cominciava un'attesa, una pausa, uno spazio vuoto che i viaggiatori erano allenati ad accettare e superare.

La scena aveva assunto qualche cosa di lugubre e allarmante. C'era una passività innaturale e bloccata come nei sogni. Il caldo cominciò ad aumentare, tra poco sarebbe stato insopportabile. Gli vennero in mente gli sguardi di chi è in attesa quando all'aeroporto la voce metallica avvisa che il volo è stato sospeso oppure che c'è un ritardo di ore oppure che è cominciato uno sciopero oppure, già sull'aereo in volo, che sarebbero scesi in tutt'altra città. Ancora quelle espressioni ferme, senza palpiti, corpi senza gesti. Uomini efficientissimi, dagli incontri programmati da mesi e appuntamenti irrimediabili, possedevano ormai un dispositivo che bloccava il giudizio, l'ansia, le responsabilità che sarebbero state riprese all'opposto segnale di via libera del sistema. Giravano con gli ingranaggi e con gli ingranaggi si fermavano per le continue avarie.

Una piccola ombra si avvicinò al suo braccio e lo toccò.

– Sei tu? – riuscí a sussurrare.

– Sono io, – rispose sottovoce e lui capí che il gioco era cominciato.

– Siediti –. Il bambino si sedette nel posto di fronte a lui. Sentí un lieve scricchiolio. Stava scartando pane e nutella. Dunque era venuto il momento.

Si sporse e mormorò: – Te ne posso dare tanto cosí, – e fece segno per dirgli che nell'emergenza non doveva esagerare con la generosità. Era il responsabile delle vettovaglie.

Lui assentí. – Va bene –. Aveva fame e sete. Il bambino avanzò un pezzo di panino. Lo prese e lo mangiò ma la sete lo tormentava troppo e non riuscí a trattenersi. – Mi dai un sorso di aranciata?

Il bambino aspettò a rispondere. – Va bene, – ammise. – Anche tu devi essere in grado di resistere. Il pianeta sconosciuto è molto pericoloso –. Mentre lui beveva il bambino incartò quello che restava del panino e disse: – Per dopo –. E cosí fece anche per l'aranciata cercando di capire quanta ancora ne conteneva il cartone. – Per dopo –. Depose il cartone con la cannuccia vicino a pane e nutella.

Rimasero zitti in mezzo alle altre forme, silenziose e inumane ma inquietanti nel caldo e nel buio non di grotta, pensò, ma di tana. Un tanfo, anche, di tana. Fissava il bambino. Era sicuro che il suo sguardo non poteva arrivargli. Gli arrivava solo la sua presenza e a lui arrivava la presenza del bambino. Pensò che si fosse addormentato invece era sveglio e certamente in lotta contro i grandi terrori, come lui.

Poteva parlare ma non aveva voce e la stanchezza della febbre non gli permetteva molti sforzi. Si sentiva perso nell'immobilità, di fronte all'isola di Dino, e Paola era diventata Itaca da raggiungere.

All'improvviso il bambino si sporse di nuovo e disse sottovoce, quasi in un soffio per non farsi sentire dai nemici: – Facciamo che siamo muti.

Gli venne in mente che avrebbero dovuto proporre un altro gioco, ma quale? Questo era il gioco migliore.

Gli rispose con lo stesso tono: – Va bene. Facciamo cosí –. Per un impulso fraterno gli prese una mano che il bambino subito ritirò. Poi vagò con il pensiero e alla fine cercò di dormire.

Stampato per conto della Casa editrice Einaudi
presso la Nuova Oflito, Mappano (Torino)

C.L. 12366

Ristampa	Anno
0 1 2 3 4 5 6 7 8	91 92 93 94 95 96 97

Nuovi Coralli

1 Mann, *La morte a Venezia*.
2 Levi (Primo), *Se questo è un uomo*.
3 Calvino, *Il barone rampante*..
4 Pavese, *La bella estate*.
5 Arbasino, *Le piccole vacanze*.
6 Ginzburg (Natalia), *Le voci della sera*.
7 Cassola, *La casa di via Valadier*.
8 Wright (Richard), *I figli dello Zio Tom*.
9 Sciascia, *A ciascuno il suo*.
10 Levi (Primo), *La tregua*.
11 Cain, *Serenata*.
12 Sartre, *Il muro*.
13 Calvino, *Il visconte dimezzato*.
14 Brignetti, *Il gabbiano azzurro*.
15 Pavese, *La luna e i falò*.
16 Calvino, *Il sentiero dei nidi di ragno*.
17 Sciascia, *Il giorno della civetta*.
18 Dolci, *Racconti siciliani*.
19 Mann (Thomas), *Tonio Kröger*.
20 Beauvoir, *Una donna spezzata*.
21 Ginzburg (Natalia), *Le piccole virtú*.
22 Calvino, *La nuvola di smog* e *La formica argentina*.
23 Viganò, *L'Agnese va a morire*.
24 Arpino, *La suora giovane*.
25 Malamud, *Il commesso*.
26 Parise, *Cara Cina*.
27 Burgess, *Un'arancia a orologeria*.
28 Mann (Thomas), *Cane e padrone e altri racconti*.
29 Bulgakov, *La guardia bianca*.
30 Barnet, *Canzone di Rachel*.
31 Borges, *Evaristo Carriego*.
32 Rigoni Stern, *Il sergente nella neve*.
33 Ginzburg (Natalia), *Valentino*.
34 Parise, *Il fidanzamento*.
35 Fenoglio, *La paga del sabato*.
36 Cassola, *Una relazione*.
37 Dürrenmatt, *La panne*.
38 Jouve, *Paulina 1880*.
39 Quarantotti Gambini, *La rosa rossa*.
40 Sciascia, *Gli zii di Sicilia*.
41 Calvino, *Il cavaliere inesistente*.
42 Hemingway, *Torrenti di primavera*.
43 Sciascia, *Il Consiglio d'Egitto*.
44 Calvino, *Marcovaldo ovvero Le stagioni in città*.
45 Bertolucci, *Ultimo tango a Parigi*.
46 Calvino, *La speculazione edilizia*.
47 Hemingway, *Fiesta*.
48 Bolis, *Il mio granello di sabbia*.
49 Queneau, *I fiori blu*.
50 Mastronardi, *Il calzolaio di Vigevano*.
51 Garnett, *La signora trasformata in volpe*.
52 Frisch, *Guglielmo Tell per la scuola*.
53 Tecchi, *L'isola appassionata*.
54 Musil, *Tre donne*.
55 Parise, *Atti impuri*.
56 Arbasino, *L'Anonimo Lombardo*.
57 Pavese, *Lavorare stanca*.
58 Pavese, *Dialoghi con Leucò*.
59 Pavese, *Il mestiere di vivere (Diario 1935-1950)*.
60 Pavese, *Poesie del disamore e altre poesie disperse*.
61 Pavese, *Racconti* (2 volumi).
62 Malamud, *La Venere di Urbino*.
63 Rigoni Stern, *Ritorno sul Don*.
64 Gadda, *La Madonna dei Filosofi*.
65 Gadda, *L'Adalgisa. Disegni milanesi*.
66 Gadda, *Il castello di Udine*.
67 Cassola, *Storia di Ada*.
68 West, *Il giorno della locusta*.
69 Romano (Lalla), *Diario di Grecia*.
70 Fo, *Morte accidentale di un anarchico*.
71 Murdoch, *La ragazza italiana*.
72 Antonioni, *Chung Kuo. Cina*.
73 Romilly, *Boadilla*.
74 Levi (Carlo), *Tutto il miele è finito*.
75 Bonfantini, *Sul Po*.
76 Joyce, *Gente di Dublino*.
77 Fonzi, *I pianti della Liberazione*.
78 Cavani - Moscati, *Lettere dall'interno*.
79 Nekrasov, *Kira Geòrgievna*.
80 Cavani, *Il portiere di notte*.
81 Pavese, *Prima che il gallo canti*.
82 Sciascia, *Il mare colore del vino*.
83 Sartre, *La nausea*.
84 Lussu, *Un anno sull'Altipiano*.
85 Caldwell, *La via del tabacco*.
86 Ginzburg (Natalia), *È stato cosí*.
87 Nitti, *Il maggiore è un rosso*.
88 Calvino, *L'entrata in guerra*.
89 Pavese, *Il compagno*.
90 Pavese, *La spiaggia*.
91 Pavese, *Paesi tuoi*.

92 Pavese, *Feria d'agosto*.
93 Gregoretti, *Le tigri di Mompracem*.
94 Purdy, *Malcolm*.
95 Bergman, *Scene di vita coniugale*.
96 Dolci, *Non esiste il silenzio*.
97 Cortázar, *Bestiario*.
98 Jovine, *Tutti i miei peccati*.
99 Fenoglio, *La malora*.
100 Calvino, *La giornata d'uno scrutatore*.
101 Rigoni Stern, *Il bosco degli urogalli*.
102 Del Buono, *La nostra età*.
103 Dolci, *Poema umano*.
104 Pomini, *Memorie di un contrabbandiere*.
105 Brecht, *Gli affari del signor Giulio Cesare*.
106 Fenoglio, *I ventitre giorni della città di Alba*.
107 Romano (Lalla), *L'uomo che parlava solo*.
108 Arbasino, *Specchio delle mie brame*.
109 Ginzburg (Natalia), *La strada che va in città*.
110 Ginzburg (Natalia), *Sagittario*.
111 Ferreri - Azcona, *Non toccare la donna bianca*.
112 Elsner, *Non commettere atti impuri*.
113 Celati, *Le avventure di Guizzardi*.
114 Pasolini, *Il padre selvaggio*.
115 Bulgakov, *Romanzo teatrale*.
116 Stein, *Come volevasi dimostrare*.
117 Musil, *I turbamenti del giovane Törless*.
118 Jarre, *Negli occhi di una ragazza*.
119 Miller (Henry), *Paradiso perduto*.
120 Dürrenmatt, *Greco cerca greca*.
121 Arbasino, *La narcisata*.
122 Bonaviri, *La contrada degli ulivi*.
123 Chiodi, *Banditi*.
124 Levi (Carlo), *La doppia notte dei tigli*.
125 Tutino, *La ragazza scalza*.
126 Stein, *Tre esistenze*.
127 Beauvoir, *Una morte dolcissima*.
128 Beauvoir, *Le belle immagini*.
129 Levi (Carlo), *Le parole sono pietre*.
130 Fried, *Hobby*.
131 Malamud, *Il cappello di Rembrandt*.
132 Ginzburg (Natalia), *Tutti i nostri ieri*.
133 Vittorini, *Erica e i suoi fratelli. La garibaldina*.
134 Fast, *La via della libertà*.
135 Viani, *A Viareggio aspettiamo l'estate*.
136 Rosso, *L'adescamento*.
137 Borges - Casares, *Cronache di Bustos Domecq*.
138 Dürrenmatt, *La promessa*.
139 Sciascia, *La scomparsa di Majorana*.
140 Vittorini, *Le città del mondo*.
141 Levi (Carlo), *Il futuro ha un cuore antico. Viaggio nell'Unione Sovietica*.
142 Maraini, *L'età del malessere*.
143 Amado, *Jubiabá*.
144 Salinger, *Nove racconti*.
145 Lussu, *Marcia su Roma e dintorni*.
146 Ginzburg (Natalia), *Ti ho sposato per allegria*.
147 Sciascia, *Il contesto. Una parodia*.
148 Sciascia, *Todo modo*.
149 Jancsó - Gagliardo, *Vizi privati pubbliche virtú*.
150 Vercors, *Il silenzio del mare*.
151 Salinas, *Vigilia del piacere*.
152 Calvino, *Ultimo viene il corvo*.
153 Sillitoe, *La figlia del rigattiere e altri racconti*.
154 Bertoli, *La quarantasettesima*.
155 Ferri, *Un quarto di donna*.
156 Agosti - Bellocchio - Petraglia - Rulli, *Matti da slegare*.
157 Seghers, *La rivolta dei pescatori di Santa Barbara*.
158 Quarantotti Gambini, *L'onda dell'incrociatore*.
159 Arpino, *Gli anni del giudizio*.
160 Tendrjakov, *La notte dopo l'esame di maturità*.
161 Bellocchio, *Marcia trionfale*.
162 Thomas, *Ritratto dell'autore da cucciolo*.
Bertolucci (Bernardo) - Arcalli (Franco) - Bertolucci (Giuseppe), *Novecento*:
163 *Atto primo*.
164 *Atto secondo*.
165 Sciascia, *L'onorevole - Recitazione della controversia liparitana - I mafiosi* .
166 Antonioni, *Tecnicamente dolce*.
167 Bellow, *La resa dei conti*.
168 Sciascia, *I pugnalatori*.
169 Fellini - Zapponi, *Casanova*.
170 Ferreri, *L'ultima donna*.
171 Parise, *Il crematorio di Vienna*.
172 Losey - Solinas, *Mr Klein*.
173 Jarre, *La principessa della luna vecchia*.
174 Cassola, *Il cacciatore*.
175 Bergman, *L'immagine allo specchio*.
176 Sarzi Amadé, *Polenta e sassi*.
177 Robinson, *Asylum*.
178 Pavia, *Quaderno dei temi*.
179 Brecht, *Dialoghi di profughi*.

180 Olivia, *Olivia*.
181 Consolo, *La ferita dell'aprile*.
182 Calvino, *Le città invisibili*.
183 Maraini, *Donne mie*.
184 Calvino, *Ti con zero*.
185 Quarantotti Gambini, *Il cavallo Tripoli*.
186 Breton, *Antologia dello humour nero*.
187 Borges, *Elogio dell'ombra*.
188 Breton, *Nadja*.
189 Yourcenar, *Memorie di Adriano* seguite dai *Taccuini di appunti*.
190 Frisch, *Libretto di servizio*.
191 Brignetti, *La riva di Charleston*.
192 Sciascia, *Candido ovvero Un sogno fatto in Sicilia*.
193 Cavani, *Al di là del bene e del male*.
194 Bonfantini, *L'amore di Maria e altri racconti*.
195 Quarantotti Gambini, *L'amore di Lupo*.
196 Frisch, *Montauk*.
197 Altman - Tewkesbury, *Nashville*.
198 Calvino, *Le Cosmicomiche*.
199 Bataille, *L'azzurro del cielo*.
200 Walser, *L'assistente*.
201 Altman, *Tre donne*.
202 Celati, *La banda dei sospiri*.
203 Pugliese, *Malacqua*.
204 Troisi, *Diario di un giudice*.
205 Carafa, *Il ponte nel deserto*.
206 Maraini, *Mangiami pure*.
207 Flaiano, *Melampo*.
208 Zei, *La tigre in vetrina*.
209 Romano (Lalla), *Pralève*.
210 Jovine, *Signora Ava*.
211 Wright, *Ragazzo negro*.
212 Forster, *Passaggio in India*.
213 Doderer, *Le finestre illuminate ovvero Come il consigliere Julius Zihal divenne uomo*.
214 Borges, *Finzioni. La biblioteca di Babele*.
215 Soriano, *Triste, solitario y final*.
216 Stuparich, *Guerra del '15*.
217 Celati, *Lunario del paradiso*.
218 Leonetti, *Conoscenza per errore*.
219 Saba, *Ernesto*.
220 Brecht, *Me-ti. Libro delle svolte*.
221 Rigoni Stern, *Storia di Tönle*.
222 Pizzuto, *Signorina Rosina*.
223 Rota Fo, *Il paese delle rane*.
224 Bioy Casares, *Dormire al sole*.
225 Kawabata, *Il paese delle nevi*.
226 Stuparich, *Un anno di scuola* e *Ricordi istriani*.
227 Borges - Guerrero, *Manuale di zoologia fantastica*.
228 Soriano, *Mai piú pene né oblio*.
229 Hemingway, *Verdi colline d'Africa*.
230 Bonaviri, *Il fiume di pietra*.
231 Cortázar, *Ottaedro*.
232 McEwan, *Primo amore, ultimi riti*.
233 Huxley, *Giallo cromo*.
234 Fortini, *I cani del Sinai*.
235 Leonetti, *In uno scacco (nel settantotto)*.
236 Levi (Primo), *Storie naturali*.
237 Salinger, *Franny e Zooey*.
238 Šklovskij, *Zoo o Lettere non d'amore*.
239 Malamud, *L'uomo di Kiev*.
240 Anderson, *Un povero bianco*.
241 Barthelme, *Il Padre Morto*.
242 Brecht, *Il romanzo da tre soldi*.
243 Collura, *Associazione indigenti*.
244 Pucci, *La volanda*.
245 Cordero, *Passi d'arme*.
246 Böll, *L'onore perduto di Katharina Blum*.
247 Peyrefitte, *Le amicizie particolari*.
248 Bulgakov, *Racconti*.
249 Ventrella, *Affabilità*.
250 Beckett, *Primo amore - Novelle - Testi per nulla*.
251 Brizzolara, *Temporale Rosy*.
252 Bergman, *L'uovo del serpente*.
253 Hemingway, *Avere e non avere*.
254 Fukazawa, *Le canzoni di Narayama*.
255 Beckett, *Murphy*.
256 Raucat, *L'onorevole gita in campagna*.
257 Gadda, *Giornale di guerra e di prigionia*.
258 Beckett, *Come è*.
259 Anonimo Triestino, *Il segreto*.
260 Vassalli, *Abitare il vento*.
261 Breton, *L'amour fou*.
262 Caselle, *Fui chiamato dal presidente*.
263 Fenoglio, *L'affare dell'anima*.
264 Schädlich, *Tentativi di avvicinamento*.
265 Leonetti, *L'incompleto*.
266 Quarantotti Gambini, *I giochi di Norma*.
267 Musil, *Incontri. Due racconti (1911)*.
268 Prato, *Giú la piazza non c'è nessuno*.
269 Benjamin, *Sull'hascisch*.
270 Böll, *Il nano e la bambola*.
271 Beckett, *Teste-morte*.
272 Maraini, *Donna in guerra*.
273 Benjamin, *Immagini di città*.
274 Beckett, *Racconti a teatro*.

275 Thomas, *Molto presto di mattina.*
276 Céline, *Colloqui con il professor Y.*
277 Mandel'štam, *Il rumore del tempo. Feodosia. Il francobollo egiziano.*
278 Gass, *Nel cuore del cuore del paese.*
279 Platonov, *Ricerca di una terra felice.*
280 McEwan, *Il giardino di cemento.*
281 Sontag, *Io, eccetera.*
282 La Cava, *Caratteri.*
283 Tadini, *L'Opera.*
284 Romano (Lalla), *Maria.*
285 Puig, *Pube angelicale.*
286 Rigoni Stern, *Uomini, boschi e api.*
287 Terruggi, *Luisa e il Presidente.*
288 Dürrenmatt, *La caduta.*
289 D'Arzo, *Casa d'altri e altri racconti.*
290 Queneau, *Pierrot amico mio.*
291 Soriano, *Quartieri d'inverno.*
292 Benjamin, *Infanzia berlinese.*
293 Mancinelli, *I dodici abati di Challant.*
294 Cortázar, *Storie di cronopios e di fama.*
295 Musil, *Pagine postume pubblicate in vita.*
296 Fo Garambois, *La ringhiera dei miei vent'anni.*
297 Ramondino, *Althénopis.*
298 Rigoni Stern, *Quota Albania.*
299 Arguedas, *I fiumi profondi.*
300 Quarantotti Gambini, *I nostri simili.*
301 De Carlo, *Treno di panna.*
302 Bergamo, *Addio a Recanati.*
303 Ribeyro, *Niente da fare, Monsieur Baruch.*
304 Cassola, *Tempi memorabili.*
305 Schmidt, *Alessandro o Della verità.*
306 Bonaviri, *Il sarto della stradalunga.*
307 Onetti, *Triste come lei e altri racconti.*
308 Queneau, *Zazie nel metró.*
309 Carta, *Anzelinu.*
310 Jovine, *L'impero in provincia.*
311 Compton-Burnett, *Servo e serva.*
312 Gide, *La porta stretta.*
313 Compton-Burnett, *Il presente e il passato.*
314 Sillitoe, *La solitudine del maratoneta.*
315 Compton-Burnett, *Madre e figlio.*
316 Frisch, *L'uomo nell'Olocene.*
317 Compton-Burnett, *Un dio e i suoi doni.*
318 Jovine, *Il pastore sepolto.*
319 Sciascia, *Il teatro della memoria.*
320 Levi (Primo), *Lilít e altri racconti.*
321 Buñuel, *Quell'oscuro oggetto del desiderio.*
322 McEwan, *Fra le lenzuola e altri racconti.*
323 Roussel, *Locus Solus* seguito da *Come ho scritto alcuni miei libri.*
324 Savinio, *Infanzia di Nivasio Dolcemare.*
325 Sillitoe, *Sabato sera, domenica mattina.*
326 Toller, *Una giovinezza in Germania.*
327 Grass, *L'incontro di Telgte.*
328 Cassola, *Ferrovia locale.*
329 Queneau, *Icaro involato.*
330 De Carlo, *Uccelli da gabbia e da voliera.*
331 Levi (Primo), *Il sistema periodico.*
332 Anderson, *Racconti dell'Ohio.*
333 Arguedas, *Il Sexto.*
334 Manganelli, *Pinocchio: un libro parallelo.*
335 Cassola, *La visita.*
336 Queneau, *Suburbio e fuga.*
337 Robbe-Grillet, *La gelosia.*
338 Caillois, *Ponzio Pilato.*
339 Pinter, *La donna del tenente francese.*
340 Cavani - Medioli, *Oltre la porta.*
341 Maraini, *Dimenticato di dimenticare.*
342 Durrell, *Justine.*
343 Biamonti, *L'angelo di Avrigue.*
344 Léautaud, *Passatempi.*
345 Durrell, *Balthazar.*
346 Calabrese, *Il Libro del Re.*
347 Durrell, *Mountolive.*
348 Ramondino, *Storie di patio.*
349 Durrell, *Clea.*
350 Del Giudice, *Lo stadio di Wimbledon.*
351 Tournier, *Venerdí o il limbo del Pacifico.*
352 Benjamin, *Diario moscovita.*
353 McEwan, *Cortesie per gli ospiti.*
354 Puig, *Queste pagine maledette.*
355 Shimei, *Mediocrità.*
356 Böll, *Il legato.*
357 Bernhard, *La partita a carte.*
358 Frisch, *Barbablu. Un romanzo.*
359 Puig, *Il bacio della donna ragno.*
360 Maraini, *Il treno per Helsinki.*
361 Böll, *Che cosa faremo di questo ragazzo?*
362 Emiliani, *Il paese dei Mussolini.*
363 Sciascia, *Occhio di capra.*
364 Malerba, *Salto mortale.*
365 Consolo, *Lunaria.*
366 Romano (Lalla), *Tetto Murato.*
367 Duras, *Una diga sul Pacifico.*

368 Beckett, *Film* seguito da *Commedie brevi*.
369 Fenoglio, *Primavera di bellezza*.
370 Malerba, *Il pataffio*.
371 Rigoni Stern, *L'anno della vittoria*.
372 Mancinelli, *Il fantasma di Mozart*.
373 Forti, *In Versilia e nel tempo*.
374 Böll, *Vai troppo spesso a Heidelberg*.
375 Böll, *Assedio preventivo*.
376 Romano (Lalla), *La treccia di Tatiana*.
377 Brecht, *Storie da calendario*.
378 Ribeiro, *Sergente Getúlio*.
379 Beckett, *Mal visto mal detto*.
380 Hrabal, *Inserzione per una casa in cui non voglio piú abitare*.
381 Fenoglio, *Una questione privata*.
382 Salinger, *Alzate l'architrave, carpentieri* e *Seymour. Introduzione*.
383 Miller (Arthur), *L'orologio americano*.
384 Rulfo, *Pedro Páramo*.
385 Simon, *La battaglia di Farsalo*.
386 Levi (Primo), *Vizio di forma*.
387 Tagore, *A quel tempo*.
388 Sereni, *Casalinghitudine*.
389 Madieri, *Verde acqua*.
390 Calvino, *Palomar*.
391 Del Giudice, *Atlante occidentale*.
392 Proust, *L'Indifferente*.
393 Pinter, *Proust. Una sceneggiatura*.
394 Fusco, *Duri a Marsiglia*.
395 Scabia, *Teatro con bosco e animali*.
396 Savinio, *Hermaphrodito*.
397 Fortunato, *Luoghi naturali*.
398 Duras, *L'amante inglese*.
399 Cantafora, *Quindici stanze per una casa*.
400 Arguedas, *Festa di sangue*.
401 Céline, *Casse-pipe*.
402 Mrożek, *L'elefante*.
403 Böll, *Donne con paesaggio fluviale*.
404 Fenoglio, *Un giorno di fuoco*.
405 Mannuzzu, *Procedura*.
406 Giani Stuparich, *Il ritorno del padre e altri racconti*
407 Revelli, *Mai tardi. Diario di un alpino in Russia*.
408 Arnaldi, *Il Bisonte Bianco*.
409 Rossetti, *Schiena di vetro. Memorie di un minatore*.
410 Cortázar, *Il persecutore*.
411 De Pisis, *Le memorie del marchesino pittore*.
412 Loy, *La bicicletta*.
413 Ray, *La notte dell'indaco*.
414 Cooper, *Nel cuore dell'inverno*.
415 Orengo, *Miramare*.
416 Beckett, *L'immagine. Senza. Lo spopolatore*.
417 Honigmann, *Romanzo di un bambino. Sei racconti*.
418 Bernhard, *Amras*.
419 Mancinelli, *Il miracolo di santa Odilia*.
420 Canobbio, *Vasi cinesi*.
421 Peri Rossi, *Il Museo degli Sforzi Inutili*.
422 Contardi, *Navi di carta*.
423 Ceresa, *Bambine*.
424 Scabia, *In capo al mondo*.
425 Semprun, *Il grande viaggio*.
426 Fellini, *La voce della Luna*.
427 Green, *Passioni*.
428 Rulfo, *La pianura in fiamme*.
429 Camerana, *I passatempi del Professore*.
430 Morovich, *Il baratro*.
431 Deville, *Il cannocchiale*.
432 Mutis, *La Neve dell'Ammiraglio*.
433 Zoderer, *Il silenzio dell'acqua sotto il ghiaccio*.
434 Chmelik, *La piccola Vera*.
435 Carpentier, *Il regno di questo mondo*.
436 Lodoli, *I fannulloni*.
437 Vassalli, *L'oro del mondo*.
438 Arguedas, *La volpe di sopra e la volpe di sotto*.
439 Piumini, *Tre d'amore*.
440 Savinio, *Tragedia dell'Infanzia*.
441 Hrabal, *Una solitudine troppo rumorosa*.
442 Kieślowski e Piesiewicz, *Decalogo*.
443 Bernhard, *La fornace*.
444 Elkin, *Il sangue degli Ashenden* e *Il condominio*.
445 Sanvitale, *Verso Paola*.